Papel certificado por el Forest Stewardship Council®

MIXTO
Papel procedente de fuentes responsables
FSC® C117695

Primera edición: noviembre de 2019

Printed in Spain – Impreso en España

ISBN: 978-84-17922-53-5
Depósito legal: B-17.662-2019

Compuesto en Compaginem Llibres, S. L.

Impreso en Limpergraf
Barberà del Vallès (Barcelona)

GT 2 2 5 3 5

Penguin
Random House
Grupo Editorial

SALVA

SKUAD

LA HISTORIA DE NUESTRAS VIDAS

Montena

KUADS

1

ANTES QUE NADA, ME PRESENTO

No sé muy bien cómo empezar a escribir este libro, la verdad. Os prometo que en el colegio se me daba genial redactar, pero ahora es como que siento la necesidad de contaros una historia, de explicaros algo que no sepáis sobre mí. Para ello empezaré por el principio, por lo básico y sencillo. Hola, **¿cómo estáis?** Soy yo, **SALVA**, un chico normal, pero antes de ser un **youtuber** conocido también era un chico normal, de verdad: con mis miedos y con mis inseguridades, como todos los chavales de mi edad. **De pequeño quería ser comentarista deportivo como los de la tele, ¿os imagináis?** Era tan flipado que mientras jugaba al FIFA con mis amigos, o incluso yo solo, me ponía a retransmitir las jugadas que veía en la pantalla del televisor. De verdad, os juro que no destacaba especialmente, era uno más en mi instituto, uno más en mi barrio y uno más en mi ciudad: Málaga. Bueno, en realidad era casi normal, tengo una tara que conoce poca gente: **odio profundamente los ascensores**, los odio con todas mis fuerzas, no soporto estar ahí encerrado pendiente de un hilo. Pero no soy un hater, también **adoro a los gatos**, he tenido varios, y a mi amado **Harry Potter**, soy tan flipado que por eso llevo un tatuaje en mi brazo derecho sobre **Las Reliquias de la Muerte**. **ME LLAMO SALVADOR**, como mi padre y como mi abuelo (y seguramente como todos mis antepasados, supongo que la originalidad no es el fuerte de mi familia), pero todos mis amigos me llamaban **SALVA** y todos mis seguidores, que son como mis amigos, también. Es el tipo de cosas que nunca he querido que cambien, aunque a veces los cambios llegan sin que tú puedas evitarlos o provocarlos.

Sí, mi vida cambió por completo gracias a **YouTube**, pero no porque yo lo buscase, sino porque algo especial me encontró, no sabría definirlo con palabras, es una sensación de que de repente empiezas a conectar con un montón de gente que no te conoce de nada, que **PUEDES SER TÚ MISMO**, reírte de tonterías y hacer un poco el payaso. **Me considero un chico afortunado**, mi vida es mi trabajo y mi trabajo es divertirme con mis amigos. Podría sucederte a ti también, de verdad, solo tienes que pensar en ser tú mismo, en hacer todas las cosas que te gustaría hacer cuando eras pequeño, divertirte mucho mientras lo grabas con tu cámara y después **compartirlo con todo el mundo**. Y trabajar duro cada día, eso sí, que nadie se olvide de que hay mucho esfuerzo y trabajo detrás de lo que hacemos los **youtubers**. **Transmitir felicidad engancha** y ver a otros felices sé que también puede ayudar a mucha gente a sentirse algo mejor.

Todas esas cosas no las sabía hace pocos años, tampoco las imaginaba. Si alguien me hubiese explicado que acabaría siendo conocido, no lo hubiera creído. Como os decía **yo era un chico normal** y corriente que una buena tarde decidió subir un vídeo a YouTube. **Evidentemente**, ese vídeo no marcó la diferencia. Ni el segundo, ni el tercero. Mis compañeros de instituto tampoco entendían muy bien qué pretendía con aquello de grabar vídeos y colgarlos en **YouTube**. Y os juro que intenté explicarlo **mil y una veces**, pero siempre que me veían trabajando, teníamos la misma conversación:

—**SALVA**, tío, deja un poquito el ordenador, que te vas a quedar ciego.

—¡Eso lo dices porque no has jugado al **CLASH ROYALE**, Daniel!

—**¿Qué es eso, tío?** Déjate de juegos que tenemos examen mañana por la mañana y la vas a liar...

—La que estoy liando en el Clash sí que es importante.

—Tío, si se pudiera vivir de jugar a estas cosas serías **multimillonario**, pero de momento tenemos que estudiar algo para no acabar en el paro.

—Tío, igual te equivocas, igual algún día me puedo ganar la vida jugando a la consola.

—Mira, yo creo que prefiero seguir estudiando, y tú deberías hacer lo mismo, que no quiero que repitas curso y dejar de vernos...

Mi colega **DANIEL** me quería bien y se preocupaba, pero le costaba disfrutar de las pequeñas cosas de la vida, como jugar. Pero bueno, ojalá pudiera viajar al pasado a revivir esa discusión y alguna otra para reírme de mí mismo. **QUÉ MAL LO PASABA CUANDO ME TENÍA QUE PONER A CLAVAR CODOS** y en mi cabeza solo se me ocurrían nuevas formas de jugar. Yo sabía internamente que tenía razón, que algún día, tarde o temprano, podría vivir de lo que realmente me gustaba. **Call of Duty**, **Clash of Clans y Clash Royale**, quizá fue realmente con ellos donde empezó todo.

Mis primeros vídeos eran lo más cutre que te podías encontrar en internet, espero que nunca nadie dé con ellos, **¡QUÉ VERGÜENZA!** Apenas tenía quince años y grababa la tele con el móvil mientras jugaba al **Call of Duty** y comentaba mis jugadas con la voz más niño-rata que os podáis imaginar. Pero a pesar de los comentarios negativos y las críticas destructivas que me llegaban, así es internet, **nunca me desvié de mi camino** y poco a poco fui mejorando y subiendo mejor contenido hasta llegar a donde estoy. **Un consejo**: nunca os dejéis asustar por lo que piensen de vosotros, con el tiempo todo el mundo mejora en todo lo que se proponga; si no me creéis, probadlo. **Yo antes era una persona tímida e insegura**, y a fuerza de exponerme cada semana y soportar las críticas me convertí en alguien muy seguro de mí mismo. Vamos, gracias a vosotros, ahora soy una versión mejorada de mí mismo. Pero como de lo que se trata es de ir superándose, sé que cada día que pasa soy un poco mejor que el anterior.

KUADS

2

Y ASÍ FUE COMO CONOCÍ A LOGAN

Pero en esta historia que os voy a contar, por supuesto, no estoy solo. Estoy con mis colegas de la **SKUAD**. Si os he dicho que **YouTube** y los videojuegos me han dado las cosas que más quiero en mi vida, no exagero en absoluto. Mis amigos, que son casi mi familia, **¿qué**

os voy a contar?, también salen de ahí, ¡faltaría más! A veces tenemos la idea equivocada de que conocer gente a través de internet no es lo mismo que conocerlos en persona en tu colegio o en tu barrio; la gente mayor, además, cree que las amistades surgidas en la red tienen menos peso o menos valor, o que pueden acabarse en cualquier momento. Por esa época, antes de ser **youtuber**, tenía un buen amigo llamado Daniel, ya lo he mencionado al principio. **ÉRAMOS UÑA Y CARNE**, nos pasábamos todo el día juntos, pero a él lo de **YouTube** no le interesaba en absoluto, supongo que eso fue lo que nos hizo ir distanciándonos poco a poco... Así que puedo deciros, que en mi caso, los amigos y las amigas que me han ido apareciendo en la vida gracias a mi trabajo son tan auténticos como si me los hubieran presentado de fiesta o en la playa.

Y aquí viene **información sobre mi pasado:** si no lo sabíais, mi anterior canal, —que abrí para grabar vídeos con mi hermano—, estaba completamente dedicado a los juegos que os he comentado antes, y fue en él donde, gracias a un vídeo sobre cómo conseguir gemas gratis en el Clash, me convertí en una celebridad. Era un vídeo que nunca pensé que me iba a reportar grandes cosas, pero me equivocaba por completo: **fue colgarlo y... al estrellato absoluto, chavales**. Así que después decidí que quería que la gente me conociese un poco más, que supiesen quién era Salva realmente, alguien que no solo podía aportar cosas al mundo de los videojuegos, sino que también podía conectar con mucha gente gracias a comportarme no como un personaje, sino realmente como soy, sin fingir para gustar a los demás. Así que dejé mi antiguo nick, **DualCoC**, y comencé a llamarme **SALVA**: un nombre normal, para un chico normal, al que empezaron a ocurrirle algunas cosas raras. Que sí, os juro que toda esta historia va de algo muy raro que nos pasó y que os contaré más adelante. Antes quiero que conozcáis mi historia.

La primera cosa rara que me pasó hace mucho tiempo tal vez fue conocer a Rafa o **LOGAN**, es como le gusta que le llamemos.

LOGAN es como yo: un tío normal que adora los videojuegos y que sabe hacer unos vídeos que conectan con muchísima gente. Nos conocimos jugando como dos flipados, era lo que más nos gustaba hacer: eso y hablar de videojuegos. Luego, más tarde, hablamos de vídeos de **YouTube y de gameplays** que nos flipaban y poco a poco nos fuimos haciendo buenos amigos. No hay nada que una más a dos personas que compartir aficiones, ya lo sabéis.

Sí que es cierto que pasó un tiempo antes de hablar en persona: la primera vez que nos vimos las caras de verdad fue en un evento de videojuegos en Málaga. Ya os podéis imaginar cómo son esos encuentros, ¿no? El paraíso para alguien como Logan o como yo. **MOGOLLÓN DE METROS CUADRADOS DEDICADOS EXCLUSIVAMENTE A LA MEJOR INVENCIÓN DEL SER HUMANO: LOS VIDEOJUEGOS**, que permiten jugar y vivir historias memorables en primera persona. Allí podías disfrutar de partidas de auténticos expertos, de charlas de creadores de videojuegos. Podías competir en directo contra otros gamers o incluso aprovecharte de su gran conexión para jugar en red partidas realmente increíbles. Si sois gamers de verdad y alguna vez tenéis ocasión de asistir a un evento así no os lo perdáis por nada del mundo. Seguro que podéis encontrar a vuestro Logan allí, como yo encontré al mío: **UN GRAN AMIGO CON EL QUE COMPARTIR MUCHAS AFICIONES Y VIVIR MUCHAS AVENTURAS.**

Como os decía, allí participamos juntos en varios torneos, a veces **nos tocaba jugar juntos y arrasábamos**, y en otras ocasiones nos tocaba competir el uno contra el otro y nos **picábamos como si fuésemos enemigos acérrimos**. Da igual lo colega que seas de una persona: cuando tengo un mando en las manos, mi equipo y yo somos lo primero. Logan piensa exactamente lo mismo y por eso nunca nos enfadamos por culpa de una partida. Los piques siempre son divertidos, pero hay que saber que una vez que se acaba la partida, se queda todo ahí. Y mira que nos hemos picado fuerte jugando, pero nada más apagar, nos damos un abrazo de hermanos y volvemos a nuestra vida real.

Aquellos días, entre las viciadas y las conversaciones con más risas de nuestra vida, realmente nos dimos cuenta de que nos habíamos hecho muy buenos amigos, prácticamente bros. La amistad de verdad es algo que cuesta mucho conseguir, pero hubo una conversación con **LOGAN** que lo definió todo; así es, tuvimos una charla en la que los dos nos abrimos y dijimos en voz alta lo que sentíamos:

—Tío, ¿tú crees que toda la vida vamos a poder estar jugando a videojuegos o en algún momento algo lo va a joder todo? —me preguntó Logan.

—Yo creo que no **TENEMOS QUE PENSAR EN EL FUTURO, BRO**. Las cosas van y vienen, y nosotros poco podemos hacer. Hay que disfrutar el momento.

—Yo no quiero que esto se acabe nunca. No sabes el coraje que me da tener que volver al curro mañana.

—Y a mí a la universidad, tío.

—Molaría poder vivir de esto, pero tienes que trabajar muy duro para llegar a ser un grande. Quien piense que es solo jugar y divertirse se equivoca: hay que currar muchas horas.

—Totalmente de acuerdo, pero es mi sueño y lucharé por él.

—**¡YO TAMBIÉN!**

—Algún día, **LOGAN**, lo lograremos. Estoy seguro.

—Los dos juntos, bro.

Creo que gracias a esa conversación nos pusimos manos a la obra con nuestra vida, pusimos en palabras lo que de verdad queríamos hacer en el futuro. Como si fuésemos adivinos, visualizamos con exactitud milimétrica lo que queríamos llegar a ser cuando solo éramos dos jugones más en un salón de videojuegos. Logan y yo lo sabíamos entonces y por eso sé que podríamos definir a Rafa con una sola palabra: **épico**. Pero bueno, eso ya se lo dice él solito, ¿eh? Todo el día con la palabra «épico» en la boca. No me extraña que **SHOOTER** se metiese tanto con él. Demasiado.

SKUADS

3

NO DISPAREN A SHOOTER

Antes de que naciera la **SKUAD** y viviéramos aventuras juntos haciendo vídeos de todo tipo, hubo un momento en el que **LOGAN** y yo solo éramos dos desconocidos malagueños que se lo pasaban bien juntos. Cada uno subía su material a **YouTube** e intentábamos aprender el uno del otro, quedábamos para jugar al **Call of Duty** o para escuchar música mientras buscábamos nuevos **youtubers**. Hasta que encontramos a **SHOOTER** o él nos encontró a nosotros, y ahí la cosa se fue un poco de madre... Bueno, bastante de madre, la verdad...

Shooter es de esos colegas que saben hacerse querer muy bien, pero que a veces es demasiado sincero y puede llegar a decir cosas que te hieren, aunque sin maldad, solo por tu bien. **Nunca dice nada que no piense** y aunque te pueda parecer que sea un trol, en realidad es un tipo bastante bueno, aunque cuesta conocerlo. Al principio no tuvimos mucha amistad, pero bien, ahora que somos colegas suyos sabemos valorarle como se merece; sin embargo, todavía nos cuesta saber cuándo dice las cosas en broma o en serio. Cuando éramos **RIVALES** —sí, como leéis, Shooter antes era más que un **youtuber**, un rival—, no le podíamos tener más manía, no se le podía odiar más de lo que nosotros le odiábamos por aquel entonces.

SHOOTER no era otro gamer como nosotros. La verdad es que no era particularmente bueno con los videojuegos y tampoco es que mostrase un especial interés por ellos. Era otro tipo de **youtuber**: aunque diferente a nosotros, también **era muy interesante y entretenido**. Nos gustaba lo que hacía y muchas veces veíamos sus vídeos y los comentábamos al momento **LOGAN** y yo.

Mientras grabábamos material nuevo cada semana, sabíamos que Shooter los miraba. Sospechábamos, por lo que habíamos oído por terceras personas, que quizá podría gustarle lo que hacíamos, pero también podría pasar lo contrario y que lo dijese todo con **IRONÍA**. Era un **ENIGMA** para nosotros hasta que un día puso un comentario **NEGATIVO** en un vídeo de Logan, a quien le **sentó fatal**, por cierto.

—Illo, te juro que lo voy a poner de vuelta y media.

—Tranqui, bro. Que es solo un **niño-rata**.

—Que ya tiene pelos en los huevos, tío. Que no me tiene que decir eso.

—Pero relájate, no merece la pena. No tiene amigos, por eso hace lo que hace.

—Tío, te juro que cuando le vea en persona le pienso contestar.

—Pero ¿cuándo va a ser eso?

—Se viene al partido de **youtubers** de Málaga.

—¿Habéis quedado para jugar al **FIFA**?

—No, a fútbol de verdad.

—¡Me apunto!

—**SALVA**, que parece que no va contigo... Que el tonto este también se ha metido contigo.

—Que ya lo sé, como le pille le pienso decir cuatro cosas yo también.

—Así se habla, joder.

—¿Cuándo hemos quedado?

—Mañana por la tarde.

Chicos, **nunca intentéis llevar a la vida real los piques que podáis tener con gente de internet**. Nunca hay que calentarse con nadie, nosotros lo hicimos porque éramos unos inmaduros y unos rayados, pero a pesar de ser la peor idea que pudimos tener esa tarde, a la larga, acabó siendo algo muy bueno: desde que hablamos con él cara a cara, y, contra todo pronóstico, **nos hicimos inseparables**.

Quedamos en un parque del extrarradio de Málaga, cerca de un colegio, a las seis de la tarde más o menos, para jugar a fútbol. Era invierno y, a pesar de que en Málaga no suele hacer mal tiempo, aquel día estaba muy nublado y hacía un frío fuera de lo normal.

—**LOGAN**, ¿a qué hora habéis quedado?

—Sobre las seis aquí.

—¿Y si no se presenta nadie por el frío?

—**Que sí que se presenta, te lo digo yo.**

La verdad es que la cosa pintaba mal... Estaba a punto de ponerse a llover. Habían pasado ya unos quince minutos y no aparecía nadie por el parque, estábamos completamente solos y ya era de noche.

—Logan, yo me piro, tío.

—**¡CALLA, COÑO!** Mira por ahí viene alguien.

Vimos la silueta de un chaval que se acercaba, él solo. Iba comiendo pipas y escuchando música.

—Parece que es **SHOOTER**. ¿Qué hacemos?

—Tío, yo qué sé. Le preguntamos por qué se puso borde con nosotros y punto.

¡El chaval se paró a varios metros delante de nosotros, sacó el móvil y empezó a grabarnos!

—¡Oye! ¿Qué coño grabas?

—**LOGAN**, coño, que es él.

Se acercó a nosotros mientras seguía grabando...

—A ver, ¿quién de los dos es el Logan ese? ¿Solo habéis venido dos a jugar? **Vaya panda de gallinas** que se asustan por unas gotas de lluvia... ¿Habéis traído balón?

—Un momento, yo soy **SALVA**, a mí también me has tocado bastante los huevos, colega.

—**HOSTIA, JAJAJA.** ¿Sois novios o algo?

—Illo, ¡es que le reviento la boca...!

—Venga ya, hombre. Vengo en son de paz —dijo, mientras sacaba un pañuelo blanco del bolsillo.

—**TÍO, ERES MUY TROL**, nos tienes quemados. **LOGAN** te quiere partir las piernas.

—A ver, voy a ser sincero con los dos... He venido a jugar a fútbol porque en realidad quería hacerme amigo de **LOGAN**: He visto cómo juega y los gameplays que sube y me encantan. Quería preguntarle cómo hacerlo así de bien.

—**TÍO, ERES UN CAPULLO** —replicó **LOGAN**.

Admito que vernos los tres ahí solos, en medio de un parque intentando averiguar para qué estábamos allí hizo que se me escapara la risa. Después se rio **SHOOTER** y al final **LOGAN**.

—Venga, vamos a tomar algo a un bar, que os invito por los troleos. También me gusta mucho lo que haces, **SALVA**. Los dos sois la hostia.

Y al bar que nos fuimos. Estuvimos allí casi

cuatro horas sin parar de **HABLAR** y de **REÍR**. Y como pasó con **LOGAN**, me di cuenta de que **SHOOTER** también acabaría siendo mi **BRO**.

4

LOS TRES UNIDOS

Y la tarde que conocimos a **SHOOTER** la terminamos planeando cuándo podríamos volver a vernos los tres: sentíamos que podíamos crear algo juntos que nos llevase al siguiente nivel en YouTube... y vaya si teníamos razón. Apenas pasaron dos semanas cuando volvimos a vernos los tres, aunque habíamos estado hablando por WhatsApp todos esos días. La verdad es que fue una tontería lo de enfadarnos con él, pero si no hubiese sido por esa tontería nada de lo que vino después hubiese pasado.

Volvimos a vernos en el mismo bar en el que hicimos las paces: ya lo considerábamos como nuestra **base secreta de operaciones**. **LOGAN** y yo llegamos tarde, pues **SHOOTER** ya estaba en la mesa sentado mirando Instagram cuando entramos. En cuanto nos sentamos, casi sin dar tiempo a saludarnos como es debido, Shooter empezó a hablar y nos dimos cuenta de que él lo tenía claro:

—A ver, bros, tenemos que ponernos las pilas con los vídeos.

—¿Qué se te ocurre? —dijo Logan.

—Yo qué sé, pero algo en el que salgamos los tres a la vez, que tenga **flow**.

—Podríamos hacer algún **challenge**.

—Bien visto, **SALVA**.

—Esas cosas siempre funcionan, es verdad —apuntó Logan.

—Pero además de challenges, algo cachondo también. O enseñar cosas de nuestro día a día para que nos conozcan más.

Si una cosa teníamos clara los tres es que **la unión hace la fuerza**. Nuestros canales por separado funcionaban bien, pero sabíamos que si empezábamos a salir cada uno en el canal de los otros y a recomendarles a nuestros seguidores que se pasasen por los canales de nuestros amigos, el aumento de nuestros followers sería un hecho.

—Molaría ponernos un nombre de guerra, —dijo **LOGAN**.

—Sí, algo que mole. Que nos haga parecer sofisticados y que la gente reconozca fácilmente. Como una **marca**.

—En inglés todo suena bastante más crema. Y así parece más universal también, ¿no?

—¡Vale! Ya se me ha ocurrido algo... ¿Qué os parece The Team?

—Vaya mierda, **SALVA**.

—Demasiado cutre. Hay que darle una vuelta...

—Pues yo qué sé, ¿qué más cosas suenan a

equipo o a escuadrón de combate? —repuse yo.

—Hostia, Escuadrón de Combate, mola. O Escuadrón Suicida, como la peli.

—Esperad que miro en internet, chavales.

—A ver, dale —dijo **LOGAN**.

—¡Ya está! ¡Lo tenemos! ¡Os va a flipar!

—Suéltalo, **SHOOTER**.

—**LA SKUAD**.

—Joder, somos la skuad.

—**¡VIVA LA SKUAD!** —gritamos los tres a la vez. Toda la gente del bar se volvió a mirarnos. Nosotros, mientras, nos partíamos de la risa.

Al poco tiempo de bautizarnos y tomar la decisión de empezar a colaborar en los vídeos nos dimos cuenta de que la idea funcionaba de maravilla. Ya habíamos visto que otros **youtubers** famosos no paraban de colaborar entre ellos y de pedir que visitasen otros canales haciéndose favores mutuos. Es una realidad que la unión hace la fuerza y **trabajar en equipo** puede multiplicar el premio de llegar a más y más gente y poder conectar con otras personas que, de otra forma, nunca hubieran visto quién eres y qué haces.

Después de varios meses haciendo vídeos cada semana y de quedar para pensar sobre qué podríamos grabar, empezamos a notar los primeros resultados.

—Tíos, esto funciona —celebró Shooter.

—¿Cuánto habéis crecido estas semanas? —preguntó **LOGAN**.

—Illo, yo creo que voy a diez mil seguidores a la semana o más, esto no para.

—Muy bien, hermanos, **estamos haciendo las cosas de puta madre**, ahora es cuando tenemos que apretar el acelerador al máximo.

—Ya ves, **SHOOTER**.

—¿Alguna idea? —preguntó **LOGAN**.

—Vamos a provocar que nuestros seguidores participen de alguna manera en los vídeos que hacemos. Que se sientan parte de nuestro trabajo —propuso Shooter.

—Buenísima idea, así YouTube empezará a ver que tenemos muchos seguidores y nos pondrá los vídeos en mejor posición para que nos encuentre más gente.

Tal como habíamos decidido, subí un vídeo a mi canal en el que les comunicaba a mis seguidores y a todo el mundo en general, que por cada mil likes que obtuviera el vídeo me iba a gastar un euro en una máquina de ganchos, de esas en las que puedes conseguir premios. Así de simple. ¿Podéis imaginaros lo que ocurrió al final? Al día siguiente **había conseguido unos cien mil likes**, es decir, que el vídeo lo habían visto más de cien mil personas, una audiencia brutal. Me sentía en la cima del mundo. Así que, para celebrarlo, al día siguiente quedé con mi Skuad y grabé el vídeo en el que me gasto uno a uno en la máquina los cien euros que les había prometido a mis seguidores. Y el resultado fue que **volví a petarlo otra vez en YouTube**.

LOGAN y **SHOOTER** también empezaron a realizar vídeos similares y, como era de esperar, comenzaron a generar el mismo número de visitas que yo. Durante varios meses seguimos con esta estrategia y no pudimos ser más felices. Cada semana quedábamos antes de grabar en el bar en el que empezó todo y repasábamos el plan.

Los ingresos empezaron a llegar poco a poco. Nunca hay que comenzar a hacer lo que te apasiona por dinero, eso llegará después, si es que llega. Hay que **motivarse cada día** simplemente por el mero hecho de alcanzar tu sueño de llegar a más gente. Dicho así, puede sonar muy fácil, pero os aseguro que no lo es. Hay que tener **ACTITUD POSITIVA, GANAS DE TRABAJAR Y DE SUPERARSE**, aprender de otros compañeros y ver muchos vídeos de YouTube para saber qué es lo que se lleva y lo que funciona. Es un **trabajo duro**, en el que tienes que aprender cosas nuevas sobre vídeo, edición, sonido... para que tu material parezca lo más profesional posible. Así que una vez que empezamos a ganar algo de dinero decidimos invertirlo en gente profesional que nos ayudase a grabar mejores vídeos.

5

MADRID, LA CAPITAL YOUTUBER

Y un año después de haber empezado a hacer las cosas bien, tomamos la decisión que nos haría ser aún más grandes en esto. No fue fácil, pero hay un momento en la vida en el que hay que arriesgar y salir de lo fácil y de lo que ya conoces. Málaga se nos empezaba a quedar pequeña, y queríamos emprender el camino que otros youtubers que lo estaban petando fuerte.

—Tíos, somos la hostia —dijo **LOGAN**—. ¡Somos la puta hostia! Ya hemos conseguido un **MILLÓN DE SEGUIDORES** cada uno, joder.

—Ya ves, **hermano**. ¿Vas a dejar de currar en el gimnasio, Logan? —preguntó **SHOOTER**.

—Si éste ya hace varios meses que no pisa el curro, está demasiado ocupado con YouTube.

—Fuah, se puso imposible currar ahí, machos... Me encanta hacer vídeos de **YouTube**, ir al trabajo ahora me parece un suplicio.

—Si esto sigue así —dije— vamos a tener que irnos de Málaga a una ciudad con más oportunidades.

—Tampoco exageres, hermano —replicó Logan—. ¿Adónde vamos a ir?

—**SALVA** tiene razón —apuntó, Shooter—. Ahora **somos unos grandes**, así que tenemos que irnos donde **viven los grandes**.

—Tenemos que irnos a Madrid, ¿verdad? A petarlo fuerte allí.

—Exacto, **SALVA**. A la capital de los **YouTubers** que molan. Nos pillamos una casa grande con piscina y nos vamos a vivir los tres allí. Ya veréis qué vídeos más guapos nos salen. —**SHOOTER** estaba convencidísimo de dar el paso.

Y dicho y hecho. Una vez que nos dimos cuenta de que nuestra vida había cambiado para siempre teníamos que dar el paso más importante: **dejar atrás nuestro barrio, nuestra familia y nuestros colegas de siempre y embarcarnos en la aventura más grande jamás soñada. Vivir de YouTube. Vivir de nuestros vídeos.**

Mi familia había cambiado radicalmente de punto de vista respecto a YouTube y los videojuegos. Ahora ya no los veían como una forma de perder el tiempo que no me aportaba nada, se habían dado cuenta de que gracias a tantas horas de dedicación había conseguido una profesión nueva y diferente. Ganaba dinero, me lo pasaba bien, no me metía en líos y ganaba confianza en mí mismo, pero claro, una cosa era hacer eso en Málaga y la otra es marcharme a otra ciudad a vivir... Estuve dos años asistiendo a la universidad antes de dedicarme al cien por cien a **YouTube**, con tal de que mi familia no se preocupara demasiado, al igual que **LOGAN**; quien también mantuvo su trabajo fijo en un gimnasio hasta que realmente la cosa **merecía la pena**.

—Mamá, papá, tengo que daros una noticia importante.

Mis padres se sentaron en el sofá del comedor de casa con cara de sorpresa y preocupación. Seguramente porque esa era la primera vez que era yo el que les decía que tenía que hablar en serio con ellos, como si les fuese a echar la bronca por jugar mucho rato a la consola y no estudiar.

—¿Qué pasa, **SALVA**? No nos asustes, ¿eh?

—Tranqui, mamá. Que son buenas noticias.

—Dilo ya, Salva, no me impacientes —dijo mi padre.

—Dejo los estudios y me voy a vivir a Madrid con mis colegas **LOGAN** y **SHOOTER** —solté como un disparo...

—Pero ¡qué dices, **SALVA**! ¿Te has vuelto loco? —A mi madre, evidentemente, no le había gustado la idea en un principio.

—Mamá, tranquila. Está todo **pensadísimo**.

—Salva, ¿de qué se supone que vas a vivir en Madrid?

—De los vídeos que hacemos con la **SKUAD**.

—¿La qué? —preguntó mi padre.

—Logan, Shooter y yo nos llamamos la **SKUAD** en internet. Todo el mundo nos conoce por ese nombre. Tenemos millones de seguidores, papá.

—Pero si apenas tienes veinte años, Salva, ¿cómo vas a dejarlo todo para irte a grabar tonterías a Madrid? ¿Tanto **dinero ganáis**?

—Claro, mamá. Por eso estamos seguros de lo que hacemos. Nos ve mucha gente y algunas marcas nos están pagando **DINERO** por promocionar sus productos. Es un negocio serio.

—Bueno, hijo mío... Si es lo que quieres, tu padre y yo te apoyaremos en **todo**. Y sí sale mal, **siempre estaremos ahí para ayudarte...**

—Muchas gracias, mamá. ¡Ahora sí que me voy con ganas de darlo todo!

Ya estaba todo decidido. Así que solo faltaba la guinda: coger todas nuestras cosas, meterlas en un coche y marcharnos los tres rumbo a Madrid en buscar de aventura. El viaje se nos hizo cortísimo, entre la música y las conversaciones. La **SKUAD** llegaba a Madrid para conquistar el mundo desde allí.

Al principio queríamos alquilar un piso grande en el centro de la capital para poder estar cerca de todos los sitios famosos de la ciudad, pero buscando más opciones al final nos enamoramos de una **CASA GRANDE CON PISCINA** en una urbanización a las afueras de Madrid y nada más llegar allí lo vimos claro: «Esa piscina nos va a dar muchas alegrías, hermanos. Qué buenos vídeos podrán salir de aquí si nos lo curramos al máximo».

—Tío, vamos a ser los reyes de la fiesta con

SHOOTER

esta piscina. Tenemos que montar una bien gorda nada más llegar. Vamos a invitar a todos los **youtubers** que conozcamos y hacemos

la PARTY HARD más grande que hayamos visto.

SHOOTER estaba on fire con la idea.

—**LOGAN**, **SHOOTER**, esta piscina la vamos a llenar de agua y de billetes en el futuro.

—¡Y de gente cool! La **SKUAD MANSION** se va a llamar esto.

Y así nació otro concepto que nos ha acompañado durante mucho tiempo, y la verdad es que otra vez acertamos de lleno: durante muchos vídeos empezamos a grabarnos haciendo el loco en la piscina, celebrando fiestas y planteando challenges varios. Así, poco a poco a los de la **SKUAD** empezaron a conocernos como **«LOS PISCINEROS»**. Y tenían razón: **una piscina nos daba la felicidad absoluta mientras estábamos grabando.**

Era flipante cómo, en tan poco tiempo, habíamos pasado de ser tres chavales normales de Málaga flipados con los videojuegos a ser tres influencers de moda, y lo mejor es que la cosa parecía no tener fin. Esto solo era el principio, amigos. **Todavía faltaba lo mejor...**

SKUADS

6

FORD FIESTA LOCA

Habían pasado varios meses desde que los tres llegamos a Madrid subidos en un Ford Fiesta azul de segunda mano. Recuerdo que era de noche y que avanzábamos lentamente por entre las calles desiertas con el coche. Se oía la música fuerte desde fuera, fijo. Algún temazo de **TRAP** o **REGUETÓN** seguramente.

—**SHOOTER**, ¿sabes por dónde es? —pregunté aburrido.

—Calma, hermano. Tiene que ser por aquí ya.

—Joder, parece un laberinto, todas las calles son iguales —se quejó **LOGAN**.

—Y se llaman casi igual, ¿a quién se le ocurre ponerles números a las calles?

—Tío, en Nueva York es todo así. En Manhattan.

—Esperad, un momento —intervino Shooter. Creo que ya hemos llegado.

Paró el coche casi de un frenazo y quitó la música de golpe. Bajó la ventanilla y sonrió.

—Chicos. Bienvenidos a nuestra casa: la **SKUAD MANSION**.

Nos bajamos dejando las maletas en el coche. Era a mediados de agosto y había mucho aparcamiento, tanto que en la misma puerta tuvimos un hueco. Hasta en los pequeños detalles notábamos que **MADRID NOS ACOGÍA CON LOS BRAZOS ABIERTOS**.

—¿Quién tiene las llaves? —preguntó **LOGAN**.

—¡Aquí están! —dije yo.

—Mañana vamos a hacer copias, ¿eh?

—Que sí, Shooter. Vamos a ver la cueva que hemos alquilado, va.

Abrimos la puerta metálica de color blanco que separaba la calle del jardín principal y allí estaba:

un chalet de dos plantas con habitaciones espaciosas.

Nada más entrar corrimos a toda velocidad dando saltos y gritos de felicidad por toda la casa. Estábamos flipando:

¡No solo nos estábamos independizando de nuestros padres, sino que, además, lo hacíamos en una pedazo de casa de lujo: íbamos a pegarnos la gran vida y sin apenas sufrimiento!

—¡Me pillo la habitación grande! —anunció **SHOOTER** gritando.

—¡Y una mierda, Shooter!

—Joder, **LOGAN, NO TE RAYES**. ¡Que hay tres habitaciones dobles exactamente del mismo tamaño! —intervine yo, para calmar los ánimos.

—Hermanos, qué pereza empezar a sacar cosas del coche —se quejó **SHOOTER**.

—Venga, va. Cuanto antes empecemos antes acabaremos.

—Acabo de tener una ideaca, bros. ¡Vamos a inaugurar esto como es debido! ¡Pidamos nuestras primeras pizzas! —**LOGAN** siempre recurre a la pizza como solución y siempre acierta.

—Genial, así mientras llegan, vamos vaciando el coche —dije yo.

En el maletero de un pobre Ford Fiesta apenas caben las maletas, así que acabaríamos rápido.

Ya en el interior de la casa, lo peor era que las camas estaban completamente desnudas. El colchón a pelo y sin almohada. Igual deberíamos haber comprado muebles y otras cosas antes de llegar, pero bueno... **A los veinte no**

tienes la cabeza para ser responsable del todo.

—Por casualidad... Nadie se ha traído una tele, ¿no? —pregunté yo.

—Qué va, **SALVA**. Me temo que la primera noche vamos a tener que **empezar a contar historias de miedo** iluminados por la linterna del móvil para pasar el rato.

Y parece una tontería, pero, a veces, para pasarlo bien solo necesitas la compañía de unos buenos amigos y una buena historia. Después de que llegasen las **PIZZAS** y las **BEBIDAS** empezamos a **JUGAR A UN JUEGO**. Uno de nosotros empezaba una historia de terror y de repente se callaba, nombraba a alguno de los otros dos y ese otro debía continuarla hasta que quisiera y volver a cambiar.

Tenéis que probarlo, lo pasaréis en grande.

Esa primera noche, sin darnos cuenta, pasamos de ser mejores amigos a ser una **FA-**

MILIA. A partir de entonces, siempre que cualquiera de los tres tuviese un problema, nosotros estaríamos allí para ayudarle y darle todo el apoyo necesario.

Al poco tiempo, lo pudimos comprobar. **SHOOTER** tuvo un momento chungo.

—Hermanos, estoy un poco de bajona hoy.

—¿Qué te pasa, Shoot? —pregunté yo.

—Con toda esta movida de venirnos a Madrid y tal...

—¿Sí...? —dijo **LOGAN**.

—Que creo que voy a tener que dejar a mi novia, tíos.

—¿Qué ha pasado? —pregunté yo.

—No sé. Desde que vivimos separados, como que la **COSA NO FUNCIONA**. Hay más peleas, más discusiones por cosas tontas...

—¿Te quieres bajar a Málaga unos días, hermano?

—No sé qué hacer... Creo que no.

—Escúchame, bro —dije yo—. Acabamos de llegar a Madrid, ¿no? Hemos empezado una nueva vida. Creo que tu novia ya forma parte del pasado.

—¿Qué quieres decir? ¿Que tengo que dejarla?

—Sí. Sois jóvenes y tú ahora mismo vas a conocer a mucha gente, hermano. ¿De qué te sirve estar sufriendo? Es mejor que lo dejéis como colegas ahora. Y en el futuro, ¿quién sabe?

—Creo que tiene razón Salva. Shooter, tienes que acabar de romper con tu otra vida. Ahora estamos en Madrid. Los tres solos. **Somos toda la familia que necesitas.**

Shooter suspiró. Se levantó del suelo y cogió el móvil. Se fue al piso de arriba a dejarlo con su chica.

—**LOGAN**, ¿crees que hemos hecho bien diciéndole esto?

—**SALVA**, tenemos que empezar desde cero los tres, hermano.

—Es buena tía.

—Lo es. Y **SHOOTER**. Por eso se merecen estar felices y disfrutar de su juventud. Ya habrá tiempo para novias, ¿no?

—Claro, tío. Yo no me metería ahora en una relación ni de coña, hermano.

—Espera, que creo que ya baja...

Shooter regresó a la sala de estar, donde estábamos sentados entre cajas de pizza vacías y botellas de bebidas energéticas.

—YA ESTÁ, HERMANOS. RÁPIDO E INDOLORO.

—¿No se ha enfadado contigo? —pregunté yo, algo preocupado por haber sido el instigador de la ruptura.

—Para nada. Me ha dicho que lo entendía y que ella también quería conocer a más gente y no tener una relación a distancia. Hemos quedado como colegas.

—Es una chica de puta madre —dijo **LOGAN**.

—Lo sé.

—¿TE IMPORTA SI LE DIGO DE QUEDAR CUANDO BAJE A MÁLAGA? —preguntó Logan.

—¿Cómo dices, hermano? —Se puso serio, **SHOOTER**.

—¡Que te estaba troleando, bro!

Los tres estallamos en carcajadas.

¿Qué mejor forma de superar una ruptura que de risas con tu nueva familia?

KUADS

7

CLAUDIA

¿Sabéis esa gente que antes dice una cosa antes la caga? Pues yo soy de esos. Tardé muy poco en romper la promesa que hice sobre que jamás perdería el tiempo teniendo pareja justo cuando estábamos en la cresta de la ola. Era guapísima. Rubia, ojos verdes, más bajita que yo, con el pelo por los hombros... Claudia **era lo más parecido a un ángel** que había visto en mi vida y al mismo tiempo la chica más pecaminosa que me podría imaginar. Os diré cómo la conocí.

Aprovechando que se acercaba el verano y las temperaturas subían hasta recuperar los cuarenta grados, la **SKUAD** trazó un plan para aprovechar la circunstancias y empezar a socializar con nuestros compañeros de profesión.

—Chavales —dijo **LOGAN**—, tenemos una piscina brutalísima y solo la estamos usando para hacer vídeos.

—Y para refrescarnos, hermano, que no se te olvide —apuntó **SHOOTER**.

—Este verano hay una ola de calor detrás de otra... Es una locura... —me lamenté yo.

—¡Estamos casi siempre a cuarenta grados o más! Pero, suéltalo Logan. ¿Qué más podemos hacer con la piscina que nos aporten cosas buenas?

—Se acerca el verano. Lo estamos petando en redes. Somos los **piscineros oficiales de YouTube**, ¿no?

—Sí... ¡Ve al grano!

—Tenemos que montar la madre de todas las fiestas. **La POOL PARTY en la SKUAD MANSION.**

—Suena de puta madre —comenté yo.

—Pero tiene que ser exclusiva —añadió **SHOOTER**—. No puede venir cualquiera. Tenemos que ponernos en contacto con los **youtubers** más famosos e invitarlos con todos los gastos pagados. Ya veréis la cantidad de gente que se apunta.

—¡Y la de stories locas que van a salir de allí! —apuntó **LOGAN**.

—¡Pues vamos a ello, hermanos! Nos ponemos ahora mismo. —Dije yo.

DICHO Y HECHO. Al poco de haber terminado de hablar cada uno se fue hacia su habitación y empezamos a organizarnos y a dividir el trabajo. **LOGAN** se encargaría de contactar con los **INFLUENCERS MÁS DE MODA DE ESPAÑA**, **SHOOTER** se encargaría del **CATERING** y de las **BEBIDAS** y, yo sería el encargado de **GESTIONAR BILLETES DE TREN O AVIÓN** y **HOTELES** para venir y alojarse en Madrid. Una semana después nos volvimos a reunir para ver cómo iba todo.

SHOOTER y yo expusimos primero todo lo que habíamos cerrado y gestionado, y finalmente con **LOGAN** repasamos la lista de personas que habían confirmado su asistencia... hasta que llegamos a **ELLA**.

—Y esta chica de aquí ¿quién es? —pregunté yo.

—¿La rubita? —dijo Logan.

—Sí, esa. No me suena de nada.

—Es una instagramer nueva, se llama Claudia o algo así. No me acuerdo ahora de su nick en redes.

—¡Vigila, **SALVA**! No te desvíes de tu rumbo... —me advirtió Shooter.

—Que sí, solo que me ha llamado la atención por no conocerla. Eso es todo. Tranquilos, no hay nada malo en hacerme amigo de Claudia, tenemos cosas en común —repuse yo intentando no levantar sospechas...

Pasaron dos semanas más y por fin comenzó la pool party en la **SKUAD MANSION**. La

gente fue llegando con cuentagotas. Y mientras los **DJ** que habíamos contratado iban amenizando la fiesta, yo me puse como un loco a buscar a la tal **CLAUDIA** por toda la fiesta. ¿Cómo no iba a venir a nuestra piscina? Cuanto más la buscaba más me sorprendía no verla cerca de la barra o de la mesa de hamburguesas.

—Oye, **LOGAN**, ¿la tal Claudia te confirmó que venía?

—¿Quién?

—La chica rubia, la influencer... ¡Claudia!

—¡Ah! Sí, la acabo de ver cerca de los lavabos. Creo que acaba de llegar.

—¿Venía sola o con alguien?

—**SALVA**, ¿te crees que una chica así vendría sola a una fiesta?

—Claro que no... Seguro que ha venido con algún novio o amigo.

—¡Estás **PILLADO**! Ha venido con otras dos amigas influencers, Salva. ¿Le vas a tirar ficha?

—¿Yo? Qué va, paso.

—¿Te importa que lo intente yo?

—¿A ti te gusta?

—No especialmente, pero de tanto preguntarme por ella estos días al final me ha hecho un poco de tilín. Cuando hablé con ella para invitarla fue **MUY SIMPÁTICA**. Incluso creo que tonteamos un poco.

—¿En serio, Logan?

Y de repente Claudia cruzó por delante de nosotros, mientras hablábamos de ella. Por suerte, **la música estaba tan alta que no pudo oírnos**.

—¡Mírala ahí está! —gritó Logan. ¡Eh, Claudia!

—¿Qué haces, hermano?

—¡Claudia! Ven un momento.

CLAUDIA se volvió y con una sonrisa que iluminó todo el jardín. Miró a Logan, luego me miró a mí y se acercó.

—¡Hola, Claudia! —la saludó Logan con una gran sonrisa.

—¡Hola, Logan! —le contestó. Luego me miró a mí con una sonrisa todavía más luminosa y dijo—: Hey, tú eres **SALVA**. El tercer mosquetero de la **SKUAD**, ¿verdad? ¡Me encantan tus vídeos! ¡Me río mucho contigo!

—Ho-o-o-o-la... —la saludé yo entrecortadamente—. Y tú eres Claudia, ¿verdad?

—¡Sí! **¡Qué guay que me conozcas!**

—Se ha repasado todo tu feed de Instagram en menos de una semana —soltó Logan a bocajarro. Yo le lancé una mirada intimidatoria y él se dio cuenta de que la había cagado—. Me dijo que le gustaba mucho tu trabajo también.

—¡¿Ah, sí?! **¡QUÉ ILUSIÓN ME HACE!**

—Chicos, tengo que dejaros. Hay una botella de ron que no tiene padre ni madre y necesita que la adopte. —Y desapareció de escena.

Claudia y yo nos quedamos a solas entre la multitud. Conté hasta tres, sonreí y le dije:

—Muchas gracias por venir, Claudia. Logan tiene razón, **me he quedado prendado de tu insta**. Sales muy bien en las fotos y eres muy graciosa en tus vídeos. ¿Tienes canal de YouTube?

—Ahora mismo no, estoy pensando en crearme uno, pero no sé todavía qué clase de contenido puedo aportar.

—Si quieres, quedamos una tarde y le damos vueltas al tema. Alguna idea se nos ocurrirá, ¿verdad?

Y así, con todo el morro, fue como le pedí una cita a Claudia. Una cita disfrazada de tarde creativa, pero una cita al fin y al cabo. Y después de aquella cita, vino otra y después otra y otra más. Al poco tiempo, Claudia y yo nos **ENAMORAMOS COMO DOS ADOLESCENTES** y empezamos a salir en serio. Pero a escondidas. No quería que mis hermanos de la **SKUAD** temieran por mí...

KUADS

8

CUANDO ALGO FALLA, TODO FALLA

Durante aquel verano Claudia y yo nos unimos mucho. Nos veíamos cada día, grabábamos vídeos juntos y le fui ayudando a que su canal de Youtube tuviera más suscriptores y visitas. El proceso de enseñarle todo lo que yo había aprendido para triunfar en internet hizo que estuviésemos muy pegados desde el primer día. Además, al principio encajó muy bien con la **SKUAD** y nos ayudó en bastantes grabaciones, tanto aportando ideas como con su presencia. Aunque es verdad que, al final, a los chicos no les hacía mucha gracia nuestra relación. Tenían **miedo** de que me separase de ellos o de que no me centrase en mejorar mi canal.

—**SALVA**, ¿grabamos esta noche un vídeo los tres haciendo una ouija? —preguntó Logan.

—¿Esta noche? Se lo digo a Claudia, ¿vale?

—**MMMMMMmmm...** ¿Es necesario? —intervino **SHOOTER**.

—¿El qué? ¿Que se venga Claudia?

—Sí... —dijo **LOGAN**.

—Bueno, a ver, necesario no es, claro. ¿No os mola Claudia?

—No es eso, hermano —aclaró Shooter—. Es que últimamente es imposible verte sin ella en **ningún vídeo**. Bueno, e incluso por la casa. Parecéis culo y mierda.

—Oye, no te pases, Shoot.

—Es verdad, Salva. Igual Shooter lo ha dicho con malas palabras, pero cuando dijimos de venir a Madrid no era para esto, hermano.

—La noche que dejé a mi novia fuiste el primero en decir que no había que perder el tiempo con novias en Madrid, ¿o no?

—Claudia no es mi novia, ¿vale?

—Pero ¡¿qué dices?! No nos lo vendas ahora con que sois colegas con derecho a roce. Estás prendado, **SALVA**. Se te ve —me acusó **SHOOTER**.

—Mirad, tíos. Si no queréis que venga Claudia hoy, pues no viene. No pasa nada. Solo para que os calléis la boca con el tema.

Y un día, sin más, Claudia **dejó de tener tiempo para quedar conmigo**. De un día para otro empezó a inventarse excusas para no vernos a solas o para grabar con otros colegas **youtubers**. Claudia empezó a frecuentar a otras personas. Seguíamos viéndonos, pero cada vez menos rato y más espaciadamente. Entonces, por primera vez en mucho tiempo, empecé a encontrarme mal. De repente, todo lo que había conseguido en apenas dos años me sabía a poco o a nada. Me pasaba el día entero pensando en Claudia y en si le ocurría algo conmigo. Es cierto que cuando nos veíamos la cosa parecía estar igual de bien que siempre, pero en su mirada apagada y huidiza notaba que algo ya no funcionaba entre nosotros. Al menos, por su parte. Entonces empecé a estar más serio con **mis hermanos de la SKUAD**, con menos ganas de grabar o de asistir a los eventos a los que nos invitaban las marcas, con todo pagado.

—**SALVA**, tío, ¿estás bien? Llevas un par de semanas que pareces un **FANTASMA**, ¿verdad **LOGAN**?

—Sí, hermano. Curiosamente el mismo par de semanas que Claudia no se pasa por la **SKUAD MANSION**. ¿Os habéis peleado o algo?

—Qué va, hermanos. No nos hemos peleado, solo que está más ocupada que antes y tal.

—**¿OCUPADA CON QUÉ?** —preguntó **SHOOTER**.

—Está haciendo vídeos con una amiga sobre una serie de Netflix y quedan cada día para ver el episodio y grabar, y eso le quita tiempo.

—Bueno, **SALVA**, tú no te rayes. Ya encontraréis tiempo para veros más adelante. —me tranquilizó **LOGAN**.

—¿Tú crees?

—Bueno, es normal que estas cosas pasen. La has ayudado mucho a hacer vídeos de calidad y ahora quiere experimentar qué tal lo hace sin ti: es ley de vida —dijo Logan.

—¿Seguro que no se ha cansado de mí?

—¡No creo! —respondió **SHOOTER**—. Seguro que le gustas mucho como persona, pero ahora pues quiere hacer sus cosas, igual que te gustaría a ti. Ha conseguido sus **cien mil followers en YouTube** en apenas tres meses. Y todo gracias a ti y, sobre todo, a las ideas que le has ido dando. Seguro que te valora muchísimo...

¿Era posible que Claudia me hubiese utilizado simplemente para **ganar followers** en las redes sociales? No, eso era pensar mal de ella porque sí. Era cierto que desde que le propuse la idea de pensar vídeos juntos no se separaba de mí ni un solo día. Era supercariñosa conmigo e incluso bastante ñoña en algunos momentos. Parecía que realmente le gustaba estar conmigo y caminar de la mano por la calle. Sin embargo, desde que estaba empezando a relacionarse con otras **youtubers** habíamos perdido todo el feeling. Así que una tarde decidí llamarla y quedar con ella para hablar en serio. **CLAUDIA**, al notar que mi tono de voz era más serio de lo habitual, no hizo el menor intento de poner alguna excusa y accedió a vernos en un bar de nuestro barrio.

De camino al encuentro empecé a sentirme profundamente triste. Era consciente de que se acercaba el final de algo muy bonito y sabía que ese algo no tenía solución posible. Pero ¿por qué después de dos años y medio de estar pasándomelo en grande con **YouTube** y mis hermanos de la **SKUAD** ahora no me veía capaz de sacar ni una sonrisa para grabar? ¿Tenía eso que ver con Claudia o me ocurría algo más? **«Cuando algo falla, todo falla»**, pensé. La verdad es que todo estaba yendo muy bien, demasiado rápido. Tenía mucho dinero, podía comprarme cualquier cosa que quisiera, salir de fiesta todos los días de la semana y viajar a cualquier parte de un día para otro. Sin embargo, había un vacío dentro de mí que ni la Claudia más enamorada hubiese podido llenar. Era oficial: **me sentía deprimido.**

Entré al bar y ahí estaba ella sentada. Con una sonrisa forzada y media Coca-Cola en el vaso. Ninguno de los dos hizo el gesto de ir a besar al otro.

—Hola, Claudia.

—Hola, **SALVA**.

—¿Qué tal estás?

—Preocupado, si te soy sincero.

—¿Por qué? ¿Te ha pasado algo malo?

—No, pero está a punto de pasarme, o ¿no?

—¿A qué te refieres?

—Creo que vas a dejarme.

—Salva...

—Dilo, ya, **CLAUDIA**.

—Eres un chico de puta madre, de verdad. Me ayudas muchísimo en todo. Y me lo paso genial contigo.

—Pero...

—Pero... Ahora mismo creo que no puedo centrarme en tener una relación de pareja. Me gustaría sentirme libre para experimentar todo lo que me pueda llegar. Soy muy joven todavía y estoy empezando a **dedicarme por fin a algo que me gusta**.

—Lo sabía.

—¿El qué?

—Que tarde o temprano querrías hacer tus cosas a tu manera y entonces no tendrías tiempo para vernos, Claudia.

—¡**SALVA**! ¿No te das cuenta del tiempo tan maravilloso que hemos pasado juntos? No esperaba tener esta conversación así, pero creo que ha llegado el momento de que nos separemos, será mejor que me marche. Me haría mucho daño verte llorar y quiero recordarte con la sonrisa de buen chico que tanto me gusta.

Y así fue como Claudia se levantó de la mesa y me dejó allí **plantado para siempre**. Conté hasta diez, esperando que abandonase el bar. Llegados a ese punto, mis ojos empezaron a tornarse vidriosos y empecé a llorar en silencio. Hasta que se acercaron dos chavales y me dijeron:

—¡Hostia! ¡Tú eres **SALVA**, el de los vídeos! ¿Nos podemos hacer una foto?

Les miré a los ojos con la cara mojada por las lágrimas. Se quedaron en silencio y se marcharon.

KUADS

9

DE VUELTA AL NEGRO

Teníamos una reunión importante de trabajo con una productora de Barcelona. Durante el viaje a la Ciudad Condal, los miembros de la **SKUAD** estuvimos algo distantes. Cada uno centrado en su teléfono móvil. Chateando con otros amigos. Stalkeando los perfiles de nuestros seguidores, o en mi caso, simplemente escuchando música para no pensar. Desde que pasó lo de Claudia me había encerrado en mí mismo y **LOGAN** y **SHOOTER** se habían dado cuenta de que aquello me había afectado más de lo normal. En la vida siempre van a surgir problemas, somos nosotros los que debemos saber darle la importancia adecuada. A los veinte, una relación que se acaba puede parecer el **drama del siglo**, pero tan solo es un capítulo más en una vida que espera contar con muchas páginas. Pero claro, en ese momento yo eso no lo sabía. A pesar de que la **SKUAD** era mi familia, los tres estábamos igual de perdidos en la vida. Teníamos la misma experiencia en el amor, más o menos, por eso necesitaba otro punto de vista.

—¿Cómo veis el tema de las actuaciones en directo? —preguntó Logan, levantando la vista del móvil.

—No sé, tíos. Puede ser la **HOSTIA** o puede ser un auténtico palazo —contestó Shooter.

Yo me mantenía en silencio mientras conducía por la autopista. Había oído la pregunta, pero tenía la cabeza en otra parte.

—Hermanos... No os lo había dicho, pero **ESTOY PENSANDO EN VOLVERME A MÁLAGA** por un tiempo —solté la bomba de sopetón.

Se produjo un silencio incómodo que pareció durar una eternidad.

—Me parece exagerado, **SALVA** —dijo Logan.

—¿El qué? ¿No puedo querer estar con mi familia un tiempo?

—Todo esto es por lo de **CLAUDIA**. Bro, es solo una chica. Conocerás a más —intervino **SHOOTER**.

—No tiene que ver con Claudia. Desde hace tiempo no me siento bien conmigo mismo. Siento que todo está yendo muy rápido y no sé si llevo las riendas o me estoy dejando arrastrar.

—¿Y qué hacemos con los shows en directo de la **SKUAD**? Tío, esto ya no es solo una cuestión de amistad, es trabajo —repuso Shooter.

—Solo serán unos días, de verdad. Necesito desconectar un poco.

Se volvió a producir el mismo silencio de antes. No volvimos a hablar hasta la llegada a Barcelona. La situación se había tensado demasiado. Había dos bandos en la **SKUAD**: ellos y yo. Ellos parecían estar disfrutando en todo momento con lo que pasaba y a mí me estaba empezando a rodear una nube negra.

Las reuniones en Barcelona transcurrieron con normalidad. **Cerramos varias actuaciones a medio plazo**, lo cual me permitía marcharme unos días a Málaga sin problema. Desde Barcelona decidí reservar un vuelo directo a Málaga para el día siguiente. La decisión estaba tomada, no quería postergarlo más.

La **SKUAD** se despidió en el aeropuerto de El Prat. Nos dimos un abrazo y les prometí que enseguida me encontraría mejor; eso les tranquilizó bastante, pero lo cierto es que ni yo mismo sabía cuánto tiempo podría durar mi estancia en Málaga.

Mis padres vinieron a recogerme al aeropuerto con una sorpresa: ¡se habían traído a mi abuelo! La verdad es que me hacía ilusión porque recuerdo que de pequeño pasaba muchísimas horas con él, ayudándole en sus cosas o yendo a pasear por el barrio después de que me recogiese del colegio. Nada más saludarnos ya notó algo raro. Si alguien me conoce de verdad, incluso cuando intento fingir que todo va bien, ese es mi abuelo. Cuando llegamos a casa por la noche, apenas nos dio tiempo a cenar y ver un poco la tele. Les conté a todos lo bien que nos estaba yendo por Madrid y, claro, intenté no comentar mucho de **CLAUDIA** o de las **fiestas locas** que tuvimos durante todo este tiempo con la **SKUAD**. Tengo cara de buen chico, al fin y al cabo, así que es fácil colar ese tipo de **mentirijillas**.

A la mañana siguiente me desperté pronto, me había costado dormir y me levanté antes de que sonase el despertador. Decidí ir a la sala de estar a ver un poco la tele mientras esperaba que se levantasen todos. Pero al llegar allí, me encontré con que mi abuelo estaba ya sentado en el sofá mirando las noticias, o **«el parte»** como él las llama.

—¿Ya estás despierto, **SALVA**? ¿Tienes que ir a trabajar al campo o qué?

—**¡QUÉ DICES, ABUELO!**

—Ven, siéntate en el sofá.

—¿Te preparo un café, abuelo?

—Ya me tomé uno hace un rato, no te preocupes.

Así pues, me senté con él en el sofá y empezamos a mirar la tele los dos juntos. Mi abuelo comentaba las noticias en voz alta y yo me reía de los comentarios que hacía, porque mi abuelo siempre ha tenido mucha gracia para reírse de lo que pasa en el mundo. Pero de repente se calló un buen rato y, después de un gran suspiro, comenzó a hablar otra vez.

—**SALVA**, ¿cómo te va por Madrid?

—¡Genial, abuelo! ¡Somos los reyes de **YouTube**!

—Yo es que todavía no entiendo muy bien que es lo que haces, pero bueno eso es lo de menos. ¿Tú cómo estás allí en Madrid?

—Muy bien, vivimos en una casa gigante con piscina en un vecindario bastante bueno.

—Ya, pero no me has contestado, **SALVA**. ¿Tú cómo estás?

—Muy bien, abuelo, de verdad.

—No sé yo, **SALVA**. Anoche te vi un poco raro cuando bajaste del avión. Tienes los ojos como tristes.

—Qué va, abuelo. Estaría cansado.

—**NO LE MIENTAS A TU ABUELO**, Salva. Si te va tan bien en Madrid, ¿cómo es que has decidido volver de un día para otro y desde Barcelona?

Me había pillado...

—Bueno, igual estoy un poco cansado o estresado.

—Cuéntame, hijo.

—Creo que desde un tiempo a esta parte las cosas me han ido muy bien, todo ha ido muy rápido y no estoy sabiendo muy bien cómo encajarlo. He pasado de ser un chico desconocido a ser un **famoso de internet** sin apenas poder digerirlo.

—**Estás cumpliendo tu sueño, ¿no?** Aunque yo no lo entienda, pero creo que es lo que siempre has querido, ¿verdad?

—Sí... Pero en el fondo es como si no me lo creyese, o como si pensase que no me lo merezco. Tengo unos amigos que son como mi familia, gano muchísimo dinero y además gozo del cariño de la gente.

—Seguro que además ligarás un montón.

—No me quejo, abuelo. —Me reí...

—Lo que te pasa es normal, **SALVA**. A todas las personas le vienen momentos malos, nubes negras que le digo yo.

—Lo sé, sé que es normal, pero es que creo que lo que me pasa es que siento demasiada presión por seguir estando donde estoy.

—**HAS LLEGADO HASTA AHÍ PORQUE TE LO MERECES.** La gente te quiere porque eres un chaval normal, de barrio, que no intenta ser otra persona.

—Sí, intento ser auténtico, abuelo.

—Eso, **auténtico**. No tengas miedo a que las cosas vengan, porque tal como vienen, se pueden ir de un día para otro. Lo que tienes que hacer es **disfrutar del momento** sin pensar en lo que durará.

—Es verdad...

—Nos pasamos la mayor parte de la vida soñando ser una cosa y cuando lo somos, perdemos la otra mitad por miedo a perder el sueño. Tenemos que vivir en el presente porque **LA VIDA ES MUY PUÑETERA**. Tienes que aprender a disfrutar de lo que tienes, porque a mucha gente le gustaría conseguir lo que has conseguido tú. Sin embargo, tú **tienes algo especial que el resto no tiene**.

—Tienes razón, abuelo.

—Si has venido a Málaga porque querías ver a tu familia, me alegro mucho, quédate el tiempo que quieras.

—Gracias.

—Pero si has venido a Málaga porque tienes miedo de que se acabe lo de internet, ya puedes hacer las maletas hoy mismo y volverte. El Salva que yo conozco estaría alegre por lo que tiene.

Y de repente se calló cuando llegó mi madre. Mi abuelo era un gran confidente, sabía que no quería preocupar a mis padres con mis problemas en Madrid. Sus palabras estuvieron dando vueltas en mi cabeza durante todo el día. **Mi abuelo era un crack**. Había dado en el clavo: el **SALVA** de verdad es el que se ha ganado por mérito propio todo lo que tiene y, además, todavía tiene mucho por ofrecer.

Estaba decidido. Al día siguiente me volvía a Madrid. **IBA A DEMOSTRARLES A TODOS QUE SALVA HA LLEGADO PARA ARRASAR.**

KUADS

10

SABEMOS LO QUE HABÉIS HECHO

Después de la conversación con mi abuelo y haber vuelto de Málaga, las cosas empezaron a funcionar de nuevo, pero esta vez con una energía renovada, mucho más potente y más libre que la anterior. Hicimos varios shows en directo por toda la geografía española y la conexión con el público asistente fue brutal: cuanto más natural me mostraba, mejor enganchaba con la audiencia. Tuvimos varios momentos de locura, entre los cuales la **SKUAD** tomó su decisión más importante hasta la fecha.

—Chicos, está muy bien lo de tener gatos y perros de mascotas, pero no podemos seguir adoptando más o esto va a parecer al arca de Noé —sentenció **SHOOTER**.

—Se nos está quedando pequeña la **SKUAD MANSION**... —soltó Logan.

—Estoy oyendo que muchos influencers están dejando Madrid para mudarse a Andorra. Es como un pequeño paraíso en la naturaleza. Entre las montañas... —dije yo.

—Pero Andorra es otro país, ¿no? —preguntó **LOGAN**.

—Sí, entre Francia y Cataluña. Se están yendo todos para allá.

—La verdad es que Madrid ya me está empezando a resultar **repetitivo** —admitió Shooter.

—A mí también..., el otro día se lo dije a Salva.

—¿Qué hacemos, hermanos? ¿Nos vamos para Andorra y alquilamos la mayor **SKUAD MANSION** de la historia? —propuse yo.

—Eso suena brutal, Salva. ¿Qué dices Shooter?

—Ya estamos tardando.

Las cosas funcionaban a las mil maravillas entre nosotros. ¡Qué lejos quedaban los tiempos en los que Claudia era el centro de mi vida y me hacía replantear cuánto rato pasaba con mi **SKUAD** y cuán poco con ella! Hacía medio año que no habíamos vuelto a vernos en persona. Reconozco que me costó bastante desengancharme de sus **vídeos**, quería ver qué estaba creando y si mi influencia aparecía por algún lado. Después de separarnos su canal creció de forma normal, no se transformó en una **superestrella** de la noche a la mañana, pero hacía sus **campañas de marketing** y más o menos acudía a algunos eventos importantes. Por suerte, nuestra futura mudanza a Andorra eliminaría para siempre la posibilidad de cruzarnos por casualidad en Madrid, a no ser que a ella también se le ocurriese mudarse...

En apenas un mes ya estábamos instalados en Andorra. La nueva **SKUAD MANSION** era todavía más grande que la casa de Madrid. Teníamos una planta para cada uno y un ascensor personal para poder ir a nuestra zona, eso sí, yo no usaba el mío, porque les tengo fobia. La sala de estar era **gigantesca**, y la cocina medía casi tanto como el piso en el que crecí en Málaga.

—Bueno, chavales, ya estamos instalados del todo. En tiempo récord, además —celebró **LOGAN**.

—Pues sí, me encanta Andorra, bros. A poco que te asomas por la ventana solo se ve montaña y naturaleza —dije yo.

—Todo eso está muy bien, hermanos. Pero ahora que estamos instalados y las cosas están en su sitio... —**SHOOTER** hizo una pausa dramática para decir—: **TENEMOS QUE HACER LA MADRE DE TODAS LAS FIESTAS.**

Y sí, ya lo sabéis. Los miembros de la **SKUAD** volvieron a lograrlo. Si la fiesta de inauguración de Madrid fue una pasada, la que teníamos pensada para Andorra no tenía nada que envidiarle. La casa era mucho más grande y la lista de invitados iba a ser mucho más selecta. Además de traer a todos los influencers de Andorra y Barcelona, volvimos a traer a los más importantes de Madrid y del resto de España. **Ya fuesen youtubers, instagramers o gamers**. Les pedí por favor que evitaran invitar a Claudia porque sentía que todavía no estaba preparado para volver a vernos y menos en un ambiente de fiesta.

No puedo entrar en mucho detalle, porque parte de la gracia de lo que pasó en esa fiesta se quedó en esa fiesta, pero os aseguro que vuestros pensamientos se quedarían cortos por más que le dierais al coco durante días. Solo puedo deciros que a la mañana siguiente **HABÍA MÁS GENTE DURMIENDO EN EL SUELO DE LA SALA DE ESTAR QUE EN LAS HABITACIONES DE HOTEL QUE HABÍAMOS RESERVADO...** Poco a poco, a medida que se iban despertando del tremendo fiestón, recogían lo que quedaba de sus pertenencias y se iban sin despedirse, en parte muertos por la vergüenza de la que hubiesen liado la noche anterior. Al final, cerca de las cuatro de la tarde, los tres miembros de la **SKUAD** por fin nos quedamos solos en nuestra casa.

—Chicos, esto ha sido demasiado grande, no lo vamos a olvidar en nuestras vidas —dijo **SHOOTER**.

—Lo que no vamos a olvidar en nuestras vidas va a ser la resaca que vamos a tener durante días… —aventuró Logan.

De repente, picaron a la puerta de entrada de forma insistente.

—**HOSTIA, ¿AHORA QUIÉN PUEDE SER?** —pregunté yo.

—Bah, alguno que se habrá dejado algo en casa… Qué pereza ir a abrir —exclamó Logan.

—Ojalá a alguna alma caritativa se le haya ocurrido pedirnos una pizza para darnos las gracias… —deseé yo.

—Bueno, ya voy a abrir, que no os movéis… —se quejó Shooter.

LOGAN y yo nos quedamos en silencio mirando nuestros respectivos móviles hasta que volvió Shooter.

—Qué cosa más rara, hermanos. Era un mensajero.

—¿Un mensajero? ¿Qué te ha dado?

SHOOTER cargaba una caja mediana que apenas pesaba. La dejó encima de la mesa, entre los tres.

—Esta caja. Vamos a ver qué hay.

La abrió y dentro solo había un folio doblado con un texto escrito a máquina:

«SABEMOS LO QUE HABÉIS HECHO».

Los tres nos miramos sin saber qué decir.

11

BROMISTAS

Acto seguido, y aún con el mensajero delante, estallamos en una gran carcajada, por la nota. ¿Qué clase de personaje había preparado todo aquello para intentar asustarnos?

—Buah, hermanos, esto huele a troleada para YouTube fijo —dijo **SHOOTER**.

—La verdad es que me esperaba unas pizzas, a mí me ha hecho daño algo, en serio —soltó **LOGAN** entre risas.

—Bueno, bueno, pero a ver, vamos a pensar, ¿quién ha podido ser? ¿Alguien de la fiesta? —pregunté yo.

—**SALVA**, yo creo que ha sido tu amiguita Claudia. —Soltó Shooter, mientras él y Logan se descojonaban.

—Ja,jaaa... muy gracioso...

—Va, no te piques, Salva. Seguramente sea alguien de la fiesta o varios de ellos. Ahora mismo estarán grabando los vídeos de cómo han preparado todo esto —dijo Logan.

—También puede ser algún youtuber enfadado porque no le hemos invitado, ¿no? —dije.

—Tío, si no invitas a un **youtuber** a una fiesta como la nuestra, solo tiene dos opciones: hacer como que esa fiesta no ha existido nunca demostrando que le damos igual o intentar hacernos la pelota durante todo el año para que le invitemos a la próxima. Trolearnos no sirve para nada —afirmó **SHOOTER**—. Y además, se nos está olvidando una opción muy razonable.

—¿Cuál? —preguntamos **LOGAN** y yo al unísono.

—Que sea una amenaza real.

—Tío, yo creo que la opción más obvia es que sea una broma. ¿Quién nos iba a amenazar diciendo que sabe lo que hemos hecho? **¿ES QUE ACASO HEMOS HECHO ALGO MALO?** —planteé yo.

De repente se hizo un silencio incómodo.

—Yo propongo que empecemos ya a grabar nuestro vídeo de respuesta. Y que lo colguemos hoy mismo —dijo **SHOOTER**.

—Espera, que saco el móvil y subo el primer stories a mi canal —me pidió Logan.

Se les veía muy tranquilos con lo de la nota, pero lo cierto es que Shooter tenía razón:

¿Y si era una amenaza de alguien por algo que habíamos hecho?

Yo estaba seguro de que no había hecho nada, pero no me gustó nada el silencio que se generó cuando pregunté si habíamos hecho algo malo. Es cierto que no hemos estado pegados los tres durante todo este tiempo: cuando me fui a Málaga les dejé completamente solos durante por lo menos tres días, y nunca hablamos de qué habían hecho en ese tiempo. No me había parado a pensar en nada malo, son mis hermanos y sé que son buenas personas, jamás harían nada a nadie, pero esa nota me parecía demasiado real para ser una broma...

LOGAN sacó su móvil y empezó a grabar en modo selfi mientras sostenía nota: «Buah, chavales. Menudo fiestón anoche en la **SKUAD MANSION** de Andorra. Acabamos de despertarnos hace prácticamente una hora, no tenemos comida en la nevera y nos morimos de hambre. Pues nada, ha sonado el timbre hace un ratito y **BOOM**. Un mensajero nos ha entregado... **¡ESTO!** Una nota de papel en la que pone: **"SABEMOS LO QUE HABÉIS HECHO."** Qué cabrones, colega. Nos morimos de hambre y alguien de la fiesta de anoche se dedica a trolearnos. **¡VAMOS A POR TI!**». Y de fondo se escucha a **SHOOTER** gritar: **«¡O A POR VOSOTROS!»**. **LOGAN** gira la cámara hacia mí y me enfoca con ella, yo estoy con cara de sueño y de pocos amigos, pero enseguida modifico mi rostro para que aparezca una sonrisa: **«¡ESO! ¡YA QUE ESTAMOS, MANDADNOS UNAS PIZZAS!»**. Deja de grabar y lo sube a Instagram.

—Bueno, chavales, ¿vamos a buscar un restaurante por Andorra? Algo habrá abierto a estas horas —propuso Logan.

—Chicos, yo creo que me quedo, estoy un poco cansado —contesté yo.

—¿No tienes hambre, **SALVA**? —se interesó **SHOOTER**.

—Yo es que estoy un poco preocupado por la nota, no sé.

—¿Has hecho algo que no nos has contado, Salva? —inquirió Logan.

—¿Qué? ¿Yo? Pero **¿qué dices, Logan?**

—Logan y yo estamos supertranquilos con la nota, el único que se ha preocupado de verdad eres tú. Se te ha pasado hasta el hambre.

—No estoy **preocupado** porque yo haya hecho algo, simplemente creo que a veces estamos demasiado expuestos en internet y algún día algún loco o alguna loca nos podría intentar hacer daño.

—Estás paranoico, hermano —dijo Logan—. Vente a comer con nosotros y **DEJA DE RAYARTE POR TONTERÍAS**.

—Bueno, vale. Tienes razón, estoy un poco paranoico. Será la altura... Esto de estar entre montañas...

La verdad es que la comida nos sentó genial. Estuvimos comentando qué cosas podríamos hacer ahora que vivíamos en Andorra, un lugar lleno de naturaleza y de magia y con un nivel de vida muy bueno para nosotros. Viviendo allí, en realidad, estábamos más seguros que cuando vivíamos en Madrid, pues en la capital más de una vez nos encontramos con fans que nos esperaban en la puerta de casa o que nos lanzaban regalos por encima de la valla. **¿Qué podía ser aquella nota sino una troleada de un youtuber?** Si por algo son conocidos los influencers jóvenes es por su capacidad para montar este tipo de bromas macabras tan bien conseguidas para petar a visitas sus canales. Seguro que, al final, todo esto nos iba a beneficiar de algún modo.

Ya en casa, nos pusimos a grabar nuestra respuesta en **YouTube**. Improvisamos con una cámara sujeta a un trípode. Un plano secuencia con el micro a la vista, para que se viese cutre pero elegante. El vídeo era breve. Shooter sentado en el centro. A su izquierda estaba yo y al otro lado, Logan. Solo hablaría Shooter, ya que era para su canal; más tarde iríamos repartiendo la historia entre el resto, para que las visitas fuesen más o menos iguales para todos.

SHOOTER: «Bueno, chavales. Aquí estamos la **SKUAD** de nuevo reunida. Los que habéis visto el story de **LOGAN** en Insta, ya sabéis lo que ha pasado. Esta mañana, después de despertarnos de la gran juerga que organizamos anoche, un mensajero ha venido hasta nuestra casa y nos ha dejado esta nota. (Lee en voz alta.) **«SABEMOS LO QUE HABÉIS HECHO.»** Está claro que se trata de una troleada de algún invitado, el reto que tenemos es adelantarnos al resto de las bromas y trolearle nosotros a él. Que sirva este vídeo de prueba de que **nosotros sí que sabemos lo que han hecho**».

SKUADS

12

TODAVÍA HAY MÁS

El vídeo, por supuesto, tuvo el efecto esperado. De repente, todos nuestros seguidores se volvieron locos y fundieron a likes lo que había subido **SHOOTER** a su canal. La gente se puso a interpretar por su cuenta quién, de todos los invitados a la fiesta en la **SKUAD MANSION** podría ser el que estaba gastando la broma. En Twitter se fue de madre y empezaron a acusar y a insultar a mogollón de influencers, solo para ver si alguno se asustaba y decía la verdad, pero lo único que ocurrió es que todos ellos se acabaron mosqueando mucho con la situación. Sin comerlo ni beberlo estaban siendo **acosados** en las redes sociales por algo que simplemente era una broma, y en la que, encima, ellos no habían participado. Varios de ellos, además, se enfadaron porque no fueron invitados a la fiesta. Recibimos muchos **whatsapps** de quejas pidiéndonos que subiésemos otro vídeo para calmar a nuestros seguidores, y la verdad es que **tenían razón**. Propuse reunirnos un momento en la sala de estar los tres para ver qué podíamos hacer para parar esto. Por mi parte, no quería crear problemas a nadie, y, para ser sinceros, una parte de mí seguía pensando que la nota era una amenaza real de alguien que nos deseaba algún mal. Si sabía dónde vivíamos y pensaba que habíamos hecho algo muy mal, el siguiente paso sería hacernos daño. Me parecía evidente, pero estaba yo solo con esta idea. Preferí no volver a sacar el tema otra vez, para que no me acusasen de paranoico, o para que no se creyesen que el que estaba ocultando algo malo era yo.

—Tíos, no para de sonarme el móvil con la movida esta de la nota —dije yo.

—Ya ves... Se han vuelto todos locos con esta movida, vaya liada —contestó Logan.

—El vídeo que he subido está que arde, no paran de comentar cosas acusando a unos y a otros.

—**SHOOTER**, es que lo hiciste demasiado en serio, hermano. Parecía que estábamos puteados con esto —afirmó **LOGAN**.

—Mira, si queréis hacemos otro vídeo para uno de vuestros canales para rebajar un poco la tensión, a ver si la gente se calma.

—Yo creo que la cosa se va a seguir liando como subamos otro vídeo más. Nunca podemos saber cómo van a reaccionar los fans —repliqué yo.

—¿Y qué quieres, **SALVA**?

—Podríamos dejar pasar el tema. Si es una broma de alguien, ya se habrá rayado y no querrá continuar por miedo a que la gente se le eche encima —insistí.

—**SALVA** tiene razón, **SHOOTER**, si es una broma, pues tendríamos que haber dejado que nos troleasen un poco, aguantar el chaparrón y reírnos un rato. —Parecía que **LOGAN** estaba empezando a acercarse a mi postura por primera vez.

—Pues nada Logan, a partir de ahora, hacemos todo lo que diga Salva, que **EL CHAVAL NUNCA LA CAGA, NO COMO YO**.

—A ver, Shoot, hermano, no te pongas así, va. —Intenté aplacar los ánimos—. Vamos a darle una vuelta más. Ya sabéis cómo funcionan las redes sociales. **Hoy somos trending topic por esta chorrada** y mañana por la mañana ya se ha olvidado todo el mundo de esto.

—Haced lo que queráis Logan y tú. No quiero saber nada más ni de los vídeos ni de la nota, voy a jugar un rato al **Fortnite**, que tengo ganas de reventar unas cuantas cabezas.

Sea como fuere, la nota parecía estar cargada de **negatividad**. En pocas horas habíamos pasado de estar **superfelices por la fiesta** a estar **discutiendo y dividiéndonos**. Sin duda, como siguiésemos así, la cosa se nos podía ir de las manos de verdad.

Al poco me sonó el teléfono otra vez: era mi madre la que me llamaba. Solíamos hablar una vez al día, por lo que no era nada raro, pero esta vez me temía lo peor.

—¡Hola, mamá!

—**SALVA**, ¿qué ha pasado? ¿Qué es eso de la nota?

—No te preocupes, mamá. Es todo una broma de algún colega. Estamos esperando a que confiese. Estamos todos bien.

—¿Cómo sabes que es broma?

—Los creadores de contenido somos así, mamá. Nos gusta mucho preparar liadas bien gordas para luego hacer vídeos y subir visitas y seguidores.

—Ya, pero **¿CÓMO SABES QUE NO ES UNA NOTA DE VERDAD?**

—Porque nadie sabe nuestra dirección en Andorra. Solo los que invitamos a la fiesta.

—No sé, Salva. A veces se lo digo a tu padre: grabáis demasiadas cosas de vuestra casa y vuestro barrio. Algún loco algún día podría saber dónde vivís.

—¡No te preocupes, mamá! Ya verás cómo mañana ya se ha olvidado.

Mi madre y yo teníamos la misma sospecha, pero no iba a dejar que se preocupase estando a tantos kilómetros de distancia. Igual era buena idea bajarme unos días a Málaga a estar con ellos más tiempo, no como la última vez, que fue un visto y no visto. De repente, volvieron a picar a la puerta. Yo estaba en la planta de arriba y no me dio tiempo a bajar a abrir. Cuando llegué a la sala de estar, **LOGAN** volvía con otro paquete entre sus manos.

—Colegas, o como el de ayer, con otro paquete.

—¡Ábrelo, rápido! A ver qué es —dije yo con cierta ansiedad.

LOGAN abrió el paquete con mucha energía y dentro volvimos a encontrar una segunda nota. Cogió el papel en sus manos y leyó:

«SABEMOS LO QUE HABÉIS HECHO. SABEMOS QUE SALVA TIENE LA CULPA DE TODO».

—¿Qué demonios es esto? —dije yo.

—¿Qué es esto, **SALVA**? preguntó Shooter con muy mala cara.

—¿Y a mí qué me cuentas, **SHOOTER**?

—Con razón estabas tan convencido de que no podía ser un troleo de un colega, ¿eh? —volvió a decir Shooter.

—Shooter, tío, ¿de qué vas? ¡Que yo no he hecho nada!

LOGAN permanecía callado mientras volvía a leer la nota en silencio.

—Salva, tío. ¿Qué es lo que se supone que has hecho? —quiso saber Logan.

—**HERMANOS, ¿NO OS DAIS CUENTA?** ¿No veis que se trata de una broma de alguien?

—Claro, Salva, antes era real y cuando te acusan directamente a ti es una broma, ¿no? —replicó Shooter con mala cara.

Me quedé mirando a los dos en silencio sin saber qué decir. Fuera lo que fuese aquello tenía un claro objetivo: **separarnos**.

SKUADS

13

EL ATAQUE

Las cosas se pusieron feas entre nosotros. Cada vez estaba más claro que **LOGAN** y **SHOOTER** iban por su lado y yo, sin poder entenderlo, por el mío. Desconfiaban de mí como si nunca me hubiesen conocido. No lo expresaban en voz alta, pero podía notarlo. El ambiente se había estropeado por completo desde la segunda nota. **Yo empecé a agobiarme de una forma muy intensa**, volví a sentirme igual que en aquellos días con Claudia, otra vez sentía la necesidad de volverme a Málaga una buena temporada a pasar tiempo con mis padres y mi abuelo. Había perdido toda la confianza en mí mismo. **«¿Y SI ESTO NO ES LO QUE QUIERO PARA MI VIDA? ¿Y SI VIVIR CADA DÍA COMO SI FUESEN VACACIONES ETERNAS NO ESTÁ PENSADO PARA MÍ?»** En todos los grupos de amigos suele haber una separación tarde o temprano. La amistad, como el amor, suele durar mucho, pero tampoco es eterna, hace falta confianza y paciencia, y sentía que **LOGAN** y **SHOOTER** no aplicaban ninguna de las dos cosas conmigo.

Esa semana teníamos un evento importante con una marca. Era en Barcelona, pero lo que podríamos hacer el viaje de ida y vuelta en coche y apenas estar fuera solo un día. Sin embargo, la ansiedad me había dejado noqueado. Me dolía muchísimo la barriga y la cabeza y apenas podía fingir una sonrisa. Me resultaba imposible estar en el evento, a pesar de todo el dinero que perdería por ausentarme sin justificación. **Estaba claro que no me encontraba bien**, pero eso a las marcas no les importa. Solo quieren que cumplas con tu parte del trato y esa vez eso no iba a poder ser.

—¿Qué coche pillamos para bajar? —preguntó **LOGAN**.

—Vamos en el mío, que tengo ganas de conducir un rato. Me relaja —contestó Shooter.

—Bros, yo no iré al evento.

—¿Y eso por qué, **SALVA**? —inquirió Shooter con poco tacto—. **NOS PAGAN POR IR LOS TRES.**

—Ya he avisado al responsable de la marca, no hay problema. Vosotros cobraréis igual y yo me quedaré sin nada.

—¿Por qué no vienes, bro? —quiso saber Logan.

—No me encuentro bien como para bajar a Barcelona, estar en una fiesta y luego regresar en coche.

—¿Qué es lo que te ocurre? ¿Te duele algo? —insistió Logan.

—**Me ha jodido lo de la segunda nota**, eso es todo. Siento que se está rompiendo algo entre nosotros.

—No te rayes, tío. Cuando volvamos del evento nos piramos unos días de vacaciones los tres y lo arreglamos —propuso **SHOOTER** en tono conciliador.

—Me hace **sentir fatal** que no confiéis en mí.

—Olvídalo, ¿vale? Solo fue una reacción en caliente. Vamos a pasar del tema en vídeos y demás y que la gente se olvide de todo esto. —dijo **LOGAN**.

—Me parece una idea genial —afirmó Shooter—. Somos la puta **SKUAD**, joder. Somos invencibles. Esto es solo una chorrada que se ha ido de las manos.

—Genial, hermanos. Pasadlo bien en Barcelona. Dadme mucha envidia, ¿vale?

La verdad es que, por primera vez en varios días, parecía que la **SKUAD** volvía a ser una familia bien avenida. Cuando se fueron de casa me quedé con las ganas de haberme ido con ellos, señal de que ya me empezaba a encontrar un poquito mejor de mi repentina ansiedad, pero bueno, la decisión ya estaba tomada. Además, desde hacía un tiempo, **CLAUDIA** había estado ganando relevancia en redes sociales y era muy probable que fuese una de las asistentes al evento. Hacía muchos meses que no nos veíamos y lo poco que sabía de ella era cuando aparecía un vídeo suyo por sorpresa entre **mis contactos**. No le deseaba ningún mal, pero tampoco tenía ganas de encontrarme con ella todavía. Ya estaba todo superado, pero me resultaba incómodo pensar en coincidir.

Tenía toda la sala de estar para mí solo y una televisión gigante. Pensé en pedir algo de comida a domicilio y ponerme una película de terror. O hacer una maratón directamente. De algún modo me sentía de vacaciones y eso me alegró bastante. **Sin cámaras y sin gente**, como cuando era un adolescente normal y corriente que vivía en Málaga. Sí, iba a ser una gran noche en la mejor compañía que podía tener: yo mismo.

Después de una sesión doble de cine slasher, me volví a mi cuarto. **LOGAN** y **SHOOTER me habían mandado fotos del evento en el que estaban para ponerme los dientes largos**, pero también para decirme que me echaban de menos y que todo el mundo estaba preguntando por mí en la fiesta. En definitiva, el día estaba acabando mucho mejor de lo que me esperaba. Me fui a dormir tardísimo y seguramente cuando despertase no les faltaría mucho a los chicos para entrar por la puerta.

A la mañana siguiente, cuando desperté, miré el reloj y me había pasado durmiendo: había dormido como unas doce horas en lugar de lo habitual. Tenía la cabeza muy pesada y realmente me costaba mucho diferenciar si todavía estaba dormido o no. Bajé a tientas a la sala de estar para prepararme un café bien cargado tras lavarme la cara con agua bien fría. Cuando conseguí cumplir con mis objetivos, escuché el coche de **SHOOTER** aparcar en la puerta principal. ¡Ya habían llegado!

—¡Ese **SALVA**! —Entró gritando Shooter.

—¿Cómo te encuentras, bro? —se interesó **LOGAN**.

—¡Mucho mejor, chavales! ¡Con ganas de veros!

—Buah, te acabas de levantar, ¿no? Te habrás hinchado a dormir —dijo **LOGAN**.

—Sí, tíos, no sé qué me ha pasado, se me ha ido de las manos.

Nos reímos los tres.

—Bueno, vamos a dejar las cosas al cuarto, que estoy muerto yo también —propuso **SHOOTER**.

Subieron por el ascensor como siempre y al poco rato, de improviso, escuché gritar muy fuerte a uno de los dos. Como apenas pude entender lo que dijo, subí corriendo por las escaleras.

—¡Hey! ¿Qué es todo este jaleo, hermano?

—¡**SALVA**! Pero ¿por qué has hecho esto?

—¿El qué?

De repente miré detrás de él y me encontré los ordenadores y las cámaras de vídeo completamente destrozados. Logan **SE DIRIGIÓ**

HACIA MÍ CON LOS OJOS INYECTADOS EN SANGRE.

—Para esto te querías quedar solo en casa, ¿no?

—Pero ¡qué dices, tío! ¡Yo no te he tocado nada!

De repente **SHOOTER** se dirigió hacia a mí con intención de pegarme.

—ESTÁS CHALADO, SALVA. SE TE HA IDO LA OLLA POR COMPLETO.

Los equipos de grabación de Logan y Shooter estaban completamente hechos añicos. Cuando se fueron estaban perfectos y a la vuelta todo parecía **señalarme a mí como culpable**. Pero yo no había hecho nada, por mucho que costase creerlo.

SKUADS

14

¿QUÉ HAS HECHO, SALVA?

Las cosas se habían puesto realmente feas. Alguien me había tendido una trampa mientras dormía. Alguien muy listo o con muy malas intenciones. ¿Era realmente una broma todo aquello? Podría ser. Algunos **youtubers** pueden llevar al límite una broma si el resultado es potencialmente épico. Empezaba a sospechar de todo el mundo. Incluso de Logan y de Shooter. ¿Y si eran ellos los autores de la broma? Sería un plan perfecto. Me parecía muy extraño que todo estuviese apuntando hacia mí y que ellos dos se fuesen de rositas. Pero **¿eran capaces de llegar a cargarse sus propios equipos?** Estaba en shock mientras toda la escena se desarrollaba a mi alrededor. **LOGAN** y **SHOOTER** me gritaban y me hacían preguntas, pero yo no sabía responder. No me dio tiempo a comprobar si realmente eran sus cosas las que estaban allí rotas. **¿Y SI NO SE HABÍAN IDO AL EVENTO?** ¿Y si se quedaron en casa escondidos esperando a que me fuese a dormir para continuar con su troleada máxima? Intenté salir del cuarto como pude y bajé corriendo las escaleras hasta la sala de estar. Necesitaba salir al jardín a respirar. Allí estaba la piscina. La piscina que tanto nos había unido y hecho crecer. Los chicos me persiguieron.

—¡Salva, no hemos acabado de hablar contigo! —me chilló Logan.

—**¿QUÉ QUERÉIS QUE OS DIGA?**

—Tío, se te ha ido mucho la olla, tienes que ver a un psicólogo o algo —me acusó Shooter.

—**YO-NO-HE-SI-DO.** ¿Os pensáis que soy tan tonto de ponerme a romper vuestras cosas y luego a esperar tranquilamente durmiendo en mi habitación?

—**SALVA**, desde que pasó lo de Claudia te volviste superraro. Estabas siempre triste o de mal humor y un día, sin venir a cuento, de repente vuelves a ser superencantador. No es normal —dijo **LOGAN**.

—¿Qué? Me estás acusando de ¡estar bien conmigo mismo!

—Te estoy diciendo que necesitas hablar de tus cosas con alguien, porque lo que has hecho no es de persona cuerda, Salva —insistió Logan.

—**¡NO TENÉIS PRUEBAS, JODER!**

Me largué del jardín y volví a entrar en la casa. Esta vez no me seguían o, por lo menos, no les oía llegar. Mi cabeza estaba como a punto de estallar y un par de lágrimas de impotencia empezaban a brotar de mis ojos. Entonces pegué un chillido gigante que retumbó en toda la casa. Me sentía completamente impotente. Volvieron a entrar a la casa corriendo nada más oír el chillido.

—¡Tío, Salva! ¿Qué ha sido ese grito? —preguntó Logan preocupado.

—Que ya no sé cómo haceros entender que todo esto **ES OBRA DE ALGUIEN QUE QUIERE QUE NOS SEPAREMOS, ¿NO LO VEIS?** Despertamos una envidia gigante en mucha gente, hemos adelantado a toda velocidad a **youtubers** que llevaban muchos más años que nosotros. Alguien, solo o en grupo, se está currando mucho esto. ¡Y vosotros no os dais cuenta!

—**SALVA**, hermano. Vamos a calmarnos todos un poco —propuso **SHOOTER**—. Mira, es verdad que nada más ver todo eso roto ahí me he puesto como una furia, y **LOGAN** también. Vamos a enfriar la cabeza un momento.

—Claro, Salva. Vamos a calmarnos, bro.

—¡No me da la gana! Ahora soy yo el que está cabreado. ¿Sabéis qué pienso? Que hay otra opción. Sí, otra opción que también es muy real. **¡Que sea una broma pesada, pero VUESTRA!** —La acusación cayó como una losa.

—Se confirma, hermano. Se te ha ido la olla del todo —aseguró Shooter con calma.

—¿De verdad te crees que nos vamos a cargar nuestras cámaras y nuestros ordenadores para gastarte una broma a ti? **Estás flipando, loco** —me acusó Logan.

—Yo no he visto que sean vuestras cosas. Solo he visto objetos destrozados, podríais haberlos comprado baratos para romperlos y hacer la broma. Sois capaces de eso y de mucho más.

—Lo siento mucho, pero yo no aguanto más esto. Me piro de Andorra —dijo Shooter.

—Sí, yo también, Shooter. Me piro de aquí hasta que las cosas se aclaren o se calmen —se unió Logan.

—¿Esto es todo lo que tenéis que decir, **«hermanos»**? Os piráis de Andorra y me dejáis solo. Muy bien. Esto es el fin de la **SKUAD**.

—Pues yo creo que quizá es lo mejor, Salva.

A lo mejor tenemos que separar aquí nuestros caminos —dijo Logan en tono serio y triste.

—Eso es lo que quieren, joder. Por eso la broma esta. Para separarnos.

—Pues han ganado, Salva. La verdad es que yo llevaba tiempo pensando en hacer cosas un poco diferentes. Quizá esto sea la señal que necesitaba —afirmó Logan.

—Muy bien. **¿ASÍ ES COMO SE ACABA TODO?** Después de todos estos años y todo lo que hemos conseguido, así se termina: con una acusación y con una bronca una semana después de mudarnos a Andorra.

La discusión no daba para más. Estaba claro. Me quedé tumbado en el sofá gigante del salón mientras subían a recoger sus cosas. Hicieron sus maletas con lo indispensable **y se largaron en sus respectivos coches**. Supongo que de vuelta a Madrid. De repente me había quedado sin mi familia, **sin mis mejores amigos, sin mis confidentes**. Fruto de la tristeza me fui quedando dormido en el sofá, deseando que al despertar todo se hubiese solucionado como si la pelea formase parte también del futuro sueño. Cuando estaba a punto de entrar en un sopor profundo, de repente sonó el timbre de la puerta principal. ¿Eran ellos? **¿Habían recapacitado?** ¿Habían venido a confesar que todo era una broma pesada? Imposible. Tenían llave. No esperaba visitas, por lo que estuve a punto de no abrir, pero volvieron a insistir con el timbre. Finalmente me levanté del sofá y fui corriendo a abrir. **¡ERA UN MENSAJERO!**

—Hola, tengo un paquete para **SALVA**. ¿Vive aquí?

—Soy yo.

—Muy bien, firma aquí, por favor.

—¿Te puedo hacer una pregunta?

—Dime.

—¿Quién podría decirme quién me envía este paquete? Veo que no hay remitente.

—Ni idea, yo solo lo recojo por la mañana junto con la ruta de envíos y recogidas. Creo que, si la persona que lo manda no quiere dejar sus datos, está en su derecho. La compañía, por motivos legales, tampoco te los podrá facilitar.

—Gracias.

Cerré la puerta y allí mismo, de pie, me dispuse a abrir el paquete. Mis sospechas se confirmaron. Había una nota:

«ERES MÍO, SALVA».

15

EL FIN

La broma seguía creciendo y creciendo. Aquella nota superaba la crueldad de una troleada normal. ¿Querían asustarme en serio? Pues lo habían conseguido. De repente **MIS MEJORES AMIGOS, LA FAMILIA QUE YO ELEGÍ, ME HABÍAN ABANDONADO**. Se habían largado de improviso y me había quedado yo solo en una **casa gigante**, lejos de mi ciudad, de mi barrio y de mi gente.

Pasaron las horas y solo podía estar sentado delante de la tele viendo cualquier cosa que echasen en ese momento. No era capaz de reaccionar. Tenía que hacer algo. Asumir que **el sueño se había terminado**. Fue bonito mientras duró, pero yo no estaba hecho para poder seguir así mucho tiempo. Quizá había llegado el momento de dejarlo, volver a casa y **retomar mi antigua vida**. La universidad, después de todo, no estaba tan mal. Pero antes de dejarlo, tenía que ser fuerte y grabar un último vídeo. **MIS SEGUIDORES SE MERECÍAN UNA EXPLICACIÓN.**

Fue el vídeo más complicado de grabar y de editar de toda mi vida. No por la complejidad técnica, sino por las emociones que me brotaban mientras lo estaba haciendo. Por mi cabeza pasaron cientos de recuerdos: desde los primeros vídeos cutres enfocando la tele de casa mientras me grababa jugando al **LOL**, hasta los vídeos de piscinas más locos que llegamos a hacer, incluyendo challenges de todo tipo. Lo habíamos pasado en grande, habíamos conocido a muchísima gente y habíamos ganado mucho dinero siendo muy jóvenes. No era el fin del mundo si todo eso se acababa.

Puse la cámara a grabar y, sin prepararme nada de lo que iba a decir, solté un discurso de unos quince minutos. En él explicaba lo que había sucedido esos días. Actualizaba la información, puesto que durante varios días fuimos la comidilla de las redes sociales. Lo que empezó con una fiesta de inauguración brutal y una broma de cámara oculta, terminó con la separación y la enemistad de la **SKUAD**, con **LOGAN** y **SHOOTER** contra mí. Me esforcé lo que pude por no llorar, pero creo que hacia el final del vídeo se podía ver cómo mis ojos se ponían rojos poco a poco. Por suerte, salió bien a la primera y no tuve que repetir el vídeo. Era fácil de editar, por lo que **ese mismo día lo subí a YouTube**. Después apagué el móvil y me fui a dormir. No tenía sueño, pero necesitaba descansar la cabeza. Al día siguiente tenía que planificar qué haría con mi vida. Antes de cerrar los ojos intenté confirmarlo por última vez: sí, era cierto que mis hasta ahora amigos **ME HABÍAN BLOQUEADO EN TODAS SUS REDES SOCIALES, EN SUS WHATSAPPS Y HASTA EN SUS CORREOS ELECTRÓNICOS**. Quizá me odiaban, o quizá tan solo necesitaban descansar de mí por una temporada. No había sido consciente de lo intenso que me había puesto desde que todo se acabó con Claudia. **¿Debería llamarla?** No, no era buena idea. Lo último que quería ahora era abrir una puerta cerrada.

El vídeo había funcionado con una viralidad que jamás me hubiese imaginado. Al final, a la gente le gusta el salseo, que te abras y que expongas tu intimidad como si fueses el personaje de una telenovela. Si siguen viendo tus vídeos y siguen queriendo saber cosas de ti es porque lo que realmente les importa es que llegue el día en el que algo se rompa y tengas que explicar lo que ha sucedido ante la cámara. Al mirar el móvil tenía muchos mensajes de colegas **youtubers**, de seguidores y de gente de la productora en la que estoy. Pero hubo uno que me llamó especialmente la atención: **DANIEL**, el chaval con el que hacía años que no hablaba y que durante mi etapa en el instituto había sido mi mejor amigo.

POR MI CULPA NOS DISTANCIAMOS SUPONGO, yo empecé a hacer vídeos y a crecer en las redes y poco a poco me olvidé de él. No tenía tiempo para quedar y empezaron a dejar de interesarnos las mismas cosas. Se echó una novia y, entonces, fue el final. Pero me consta que él me seguía y le gustaba lo que hacía, simplemente no me importó que dejase de ser mi amigo para que se transformarse en un simple seguidor más.

Cuando me di cuenta de que la **SKUAD** se había terminado, pensé en él antes de irme a dormir, por eso **me llamó la atención su mensaje**, era como si yo lo hubiese provocado. Así que nada más leerlo, desde la cama, le contesté a lo que me había escrito.

—Hola, **SALVA**. Tío, acabo de ver tu vídeo. ¡Qué fuerte! ¿Estás bien? La verdad es que no me imaginaba que de un día para otro se fuese a terminar vuestro grupo. Moláis mucho, la verdad. Bueno, cualquier cosa que necesites, aquí está el Dani. Si pasas por Málaga avísame y nos tomamos algo.

—¡Hey! ¡Hola, **DANI**! Muchas gracias por escribir, bro. Sí, estoy un poco de bajona, la verdad. Me he quedado muy tirado aquí en Andorra. No sé qué haré. Igual bajo pronto, pero no es seguro. **¿Qué tal te va todo?**

La verdad es que no esperaba una respuesta enseguida, suponía que estaría trabajando o haciendo algo de provecho, pero nada más escribirle me contestó y pudimos continuar charlando largo y tendido.

—¡**SALVA**! Pensaba que ni contestarías... Bájate a Málaga, tío. Y estás con tu gente.

—¿Qué tal todo? ¿Currando? ¿Qué tal Marta?

—Qué va, hermano. Ahora estoy de vacaciones, que me debían unos días. Marta bien, con lo suyo, currando.

—**¿ESTÁS DE VACACIONES? ¡QUÉ BUENO!**

—Sí, tío. Tengo una semanita entera para mí. Pero como Marta trabaja, pues me quedaré por el barrio.

—¡Oye! **¿QUÉ TE PARECE SUBIRTE A ANDORRA?** Te pago el billete y te plantas aquí y te enseño todo esto. Que hace mil años que no nos vemos. Hay sitio de sobra.

—¿Qué dices, **loco**? ¿En serio?

—¡QUE SÍ! ¡VENTE!

—Le digo a Marta y te confirmo, pero dalo por hecho. ¡Qué ganas, bro!

Daniel era un buen amigo a pesar de los años, traerlo a Andorra me animaría muchísimo. **Estaba deseando que llegase.**

ADSKUADSKUADSKU
UADSKUADSKUADSKUA
KUADSKUADSKUADSKU
SKUADSKUADSKUADSK
DSKUADSKUADSKUADS
ADSKUADSKUADSKUAD
UADSKUADSKUADSKUA
KUADSKUADSKUADSKU
SKUADSKUADSKUADSK
DSKUADSKUADSKUADS

16

MI MEJOR AMIGO

Estaba realmente ansioso por volver a ver a Daniel, la verdad. Me había parecido increíble lo fácil que había resultado todo. Estaba justo de vacaciones y su chica trabajando, lo cual le dejaba una semana prácticamente para estarse conmigo y **recuperar el tiempo perdido**. Supuse que por lo menos tardaría unas doce horas en llegar a partir de la hora a la que le cogí el billete, así que hasta prácticamente media noche no lo tendría por aquí. Un tren de Málaga a Girona y después un coche de alquiler hasta Andorra. Me hubiera gustado bajar a recogerlo a Barcelona, pero no tenía la energía suficiente para un viaje tan largo de ida y vuelta. Mientras él llegaba podría aprovechar para recoger un poco la casa y, de paso, prepararle su habitación. Le tenía una sorpresa preparada: una televisión de ochenta pulgadas con varias consolas conectadas justo delante de su cama de dos por dos. **El paraíso del soltero.** Sus vacaciones acababan de mejorar considerablemente.

Contra todo pronóstico llamaron a la puerta a eso de las ocho de la tarde. Estaba tranquilamente viendo algunos vídeos de YouTube en mi cuarto cuando escuché el timbre. Bajé corriendo a abrir, pues no esperaba visita a esas horas. Siempre que sonaba el timbre de la puerta o el móvil fantaseo con la idea de que fueran **LOGAN** o **SHOOTER** que quieren volver y hacer las paces conmigo, pero lamentablemente esa idea es solo un sueño. La **SKUAD** murió. Ellos mismos se encargaron de anunciarlo en sus canales también. Por lo que sé, se fueron a vivir de nuevo a Madrid y se alquilaron un ático en el centro, con piscina, por supuesto. Ya no se hacían llamar la **SKUAD** ni nada por el estilo. Simplemente eran **LOGAN** y **SHOOTER**. Dos tíos que quedaron para pegarse hace años en un parque de Málaga y que ahora se habían vuelto uña y carne.

Cuando abrí la puerta de casa, mi sorpresa fue mayúscula. ¡Era Daniel! ¡A las ocho de la tarde! Había casi viajado en el tiempo. Al principio apenas pude reaccionar. Nos dimos un abrazo gigante y le invité a pasar con sus bolsas.

—**¡Qué bueno que llegaste, Dani!**

—¡Aquí estoy, **SALVA**! ¡Gracias por todo!

—Muchas gracias a ti por llegar tan pronto. ¡Has volado!

—¡Ya! ¡Casi! El tren ha ido más rápido de lo que esperaba y el coche que me has alquilado es una bala.

—¡No sabía que el tren podía saltarse paradas! ¡Qué raro!

—Hubo un problema con el que me reservaste. Nos cambiaron de tren y éste tenía menos paradas que el otro. ¡He tenido mucha suerte!

—¡Mejor! ¡Ven! Vamos a ver la casa y tu cuarto para estos días. **¿Cuánto te quedas?**

—¡Todo el tiempo que haga falta! ¡Tengo una semana libre!

Subimos a dejar las maletas a su habitación y cuando vio lo que le tenía preparado casi se le salen los ojos de las cuencas.

—¡**SALVA**! ¡Esto es el paraíso, tío! ¡Si pudiera me quedaba a vivir contigo aquí!

—Bueno, no es oro todo lo que reluce, Dani.

—Ya lo sé, pero esto es alucinante.

—**AL FINAL, LO QUE IMPORTAN SON LAS PERSONAS.** Eso lo tengo clarísimo. Que nos hayamos puesto en contacto después de tanto tiempo para mí ha sido el mejor regalo en mucho tiempo.

La verdad es que me sentía genial haciendo de anfitrión, había pensado algunas excursiones que podíamos hacer por la montaña y por algunas ciudades de alrededor, iban a ser unos días de desconexión de internet que me hacían mucha falta.

—Oye, Salva. Perdona que te saque el tema...

—Dime...

—¿Qué ha pasado exactamente con tus colegas? Fue un impacto brutal en redes sociales. **Twitter estaba que ardía.**

—Dani, no sé. No tengo muchas ganas de hablarlo. Me apetece más saber de ti.

—¡Pregunta lo que quieras, **SALVA**!

—Me gustaría pedirte disculpas, la verdad.

—¿Disculpas? ¿Por qué?

—Éramos muy **buenos amigos** hace años y cuando empecé a tomarme en serio lo de YouTube me distancié de ti. La verdad es que me siento un idiota. Ojalá hubiese reaccionado de otra forma. Lo siento mucho, **DANI**.

—¡No tienes que decirme eso! ¡Yo también he sido un idiota!

—¿Ah, sí? ¿Por qué?

—Adivina qué se me ocurrió en cuanto vi que empezabas a triunfar en internet.

—¿El qué, Dani?

—**ME ABRÍ UN CANAL DE YOUTUBE**

también, Salva. En el fondo, **QUERÍA SER COMO TÚ**. Conseguir las cosas que has conseguido tú. Por eso me sorprende que ahora lo eches todo a perder. Por una tontería.

—¿Una tontería?

—Está claro que ellos se han comportado mal contigo. Han sido muy injustos. Todo el mundo lo sabe.

—Es cierto...

—**Se han aliado los dos contra ti**, y te han expulsado del grupo. ¿Sabes por qué?

—¿Por qué?

—Les han ofrecido una serie en la televisión. Bueno, un **reality show**, se ve. Y si son dos, supongo que ganarán más dinero.

—Claro... Por eso se han vuelto a Madrid...

—Todo el mundo los está poniendo a parir en Twitter, Salva. El bueno eres tú.

—Pero ¿entonces? ¿Las notas que nos han mandado?

—Seguro que han sido ellos mismos. **Lo tenían todo planeado** para quitarte de en medio, Salva. Por dinero.

—Pero ¿tú cómo sabes todo esto, Dani?

—No hay que ser muy listo. No te has dado cuenta todavía porque estás muy afectado por lo que ha pasado entre vosotros. Pero ¿qué clase de amigo te abandona cuando las cosas te empiezan a ir bien? Ningún buen amigo haría eso, ¿verdad?

—**TIENES RAZÓN, DANI**.

—Vamos a hacer una cosa, a ver qué te parece.

—Dime.

—Vamos a grabar un vídeo en mi canal. Y vas a anunciar que **SALVA** vuelve más fuerte que nunca. ¿Vas a dejar que estos dos se salgan con la suya?

—Ni de coña. **¡SALVA VUELVE A INTERNET POR TODO LO ALTO!**

—Claro que sí, Salva.

—¿En tu **canal**?

—Claro, es un canal modesto, así se nota que no lo haces por el **dinero** de las visitas. Que es una vuelta sincera, en el canal de tu viejo amigo Dani.

—No me parece mala idea.

—Pues venga, vamos a ponernos a ello.

SKUADS

17

LA VIEJA SKUAD

Justo cuando estábamos a punto de empezar a grabar Dani y yo, escuché un ruido abajo. Lo teníamos todo preparado. Dani había traído su cámara, su trípode y su micrófono. Pensábamos usar luz natural, pero a esas horas de la noche era imposible. Le pude dejar mis focos y montamos un set de rodaje bastante bueno en el que era su cuarto en la casa. Íbamos a hacerlo como si fuese una entrevista: primero hablando de nuestra relación personal fuera de internet y después mediante preguntas sobre mi opinión de Logan y Shooter. **Tenía mucha rabia dentro y quería soltarlo todo.** Cómo me sentía, cómo me habían abandonado por dinero... Dani me abrió los ojos y me explicó cómo se veía todo desde fuera. Claramente: **yo era la víctima de todo.**

—Dani, tío. Un momento, que creo que he oído ruido abajo.

—Sí, tranqui, **SALVA**. Paramos sin problema. Voy colocando la cámara otra vez y probando.

—Creo que son **LOGAN** y **SHOOTER**.

—¿En serio? Joder, será mejor que me vaya de aquí.

—Tranqui, Dani, no hay problema.

Me asomé por la ventana y vi que había un camión de mudanzas bastante grande en la puerta. Bajé corriendo con una mezcla de nerviosismo y cabreo. Mi cabeza había descartado por completo la opción de que nos reconciliásemos y más aún después de saber la verdad de todo.

Me los encontré de frente y les dije:

—Vaya, ya iba siendo hora de que vinieseis a por vuestras cosas...

SHOOTER no hizo ni el gesto de mirarme, simplemente avanzó hacia mí con la intención de subir a la que hasta ahora había sido su planta.

—**SALVA**, no queremos mal rollo. Venimos a por nuestras cosas —dijo **LOGAN** con la mejor intención posible.

—Si queréis ayuda pedidla, cuanto antes acabéis mejor.

—**Vete a la mierda, Salva.** Encima no nos vaciles, tío —disparó Shooter.

—Más tranquilito, ¿eh? Que esta ya no es vuestra casa.

Shooter se vino hacia mí y nos encaramos como dos ciervos celosos de su territorio. De repente Dani apareció en escena e intentó poner un poco de calma.

—**¿Y TÚ QUIÉN ERES, TÍO?** —preguntó Logan. ¿Qué haces aquí?

—Soy Dani.

—¿Y quién eres, Dani? ¿Una amenaza? —volvió a preguntar Logan.

—Soy el mejor amigo de Salva. Le conozco desde que íbamos a la guardería.

—No he oído hablar de ti en toda mi vida, Dani. O mientes, o Salva nunca ha pensado lo mismo de ti. —Shooter le clavó esa frase retorcida a Dani con una sonrisa.

—**LOS AMIGOS DE VERDAD NO DESAPARECEN EN LOS MOMENTOS MALOS.** Aparecen en los momentos duros. Como ha hecho Dani. Así que respetad un poco.

LOGAN y **SHOOTER** se miraron a la cara. Les había descolocado algo.

—¿No te parece un poco raro que aparezca por aquí de repente un tío del que apenas has sabido nada en tantos años? —preguntó Logan.

—Le he llamado yo, ¿vale? ¿Algún problema?

Logan y Shooter nos esquivaron y subieron a sus habitaciones a recoger sus pertenencias. **DANI** y yo regresamos a su cuarto con la intención de empezar a grabar. Me daba igual que oyesen lo que estábamos haciendo, lo iban a ver tarde o temprano en **YouTube**, por lo menos que supiesen que no tengo nada que esconder.

—Vale, Salva. Primera pregunta: ¿cómo nos conocimos?

—Buah, hermano. Éramos dos enanos en Málaga. El primer día de colegio nos sentaron juntos porque tú estabas **llorando mogollón** y yo siempre estaba riendo. Pensaron que así se te pegaría algo. Y qué va, hermano. Siempre has sido el menos optimista de los dos.

—**CORTAMOS.**

—¿Qué pasa?

—No sé si me mola. Quedo yo como algo negativo, tío.

De repente, **LOGAN** y **SHOOTER** tuvieron el morro de interrumpirnos y entrar en nuestro cuarto.

—**SALVA**, una cosa —dijo Logan.

—¿Ya habéis acabado vuestra mudanza? ¿Qué queréis? ¿Un abrazo? No tengo tiempo.

—Venimos a ayudarte con tus cosas —contestó Shooter.

—¿Mis cosas? ¿Qué dices?

—Las vamos a meter en el camión. Te vienes a Madrid con nosotros —anunció Logan.

—¿Os habéis vuelto locos de repente? ¿Que me voy a Madrid con vosotros? ¿Y ahora?

—Sí, ya lo has oído. Prepara tus cosas, que nos vamos —dijo Shooter.

—Nos habéis pillado haciendo algo importante. ¿Por qué no os piráis vosotros a Madrid y nos dejáis tranquilos? —intervino Dani.

—**DANI** te llamas, ¿no? ¿Cómo se llama tu canal de YouTube? ¿Dani el Friki? **¿DANI EL PSICÓPATA?** —se burló Shooter.

—Dani, el que te va a partir la cara. ¿Qué te parece?

Ahí me levanté y me puse en medio de los dos, intentando calmarlos.

—Vamos, a ver, ¿qué es eso de que me voy con vosotros a Madrid? ¿A qué viene eso ahora? Os habéis largado y aparecéis aquí de pronto con malas formas y ahora me soltáis esto. ¿Me tomáis el pelo?

—Mira, Salva. **Ha llegado el momento de decirte la verdad.** Vente a la sala de abajo, a la de la tele grande. Queremos enseñarte algo —me indicó Shooter.

—Vente tú también, **Dani el Friki**. No te lo vayas a perder —le soltó Logan por las buenas.

—¿Tú también quieres que te haga una cara nueva? —amenazó Dani.

—¿Qué me tenéis que enseñar?

—Un vídeo —respondieron los dos a la vez.

—¿Un vídeo de qué?

—Hemos descubierto al autor de las notas y de toda esta broma, Salva. Y queremos que tú también lo sepas. Y lo veas.

¿Cómo? ¿El **misterio** se había resuelto por fin? ¿Y por eso llegaron de repente con un camión de mudanza casi en mitad de la noche? **LOGAN** y **SHOOTER** habían regresado a por mí después de descubrir quién se encontraba detrás de las notas y las amenazas. **Por fin.**

Estaba a punto de saberlo. Los nervios me afloraron de golpe y casi no podía hablar.

—Si es así, vamos. Me muero de ganas de verle la cara a ese...

—No pierdas las formas, **SALVA**. Todavía no. Espera...

KUADS

18

SALVA Y DANI

Dani empezó a ponerse nervioso. Ya no era agresividad, era otra cosa. Estaba intranquilo. Tenía preparado el set de rodaje y habíamos empezado a grabar y de repente **LOGAN** y **SHOOTER** habían hecho acto de presencia y le habían estropeado la fiesta. Nos habían estropeado la fiesta. Sin embargo, me pareció sospechoso su cambio de actitud. Realmente se puso al borde de la histeria cuando dijeron que teníamos que ver un vídeo. Estaban convencidísimos de que después del vídeo yo mismo, por mi propia voluntad, decidiría acompañarles a Madrid. Dani se descolgó del grupo cuando bajábamos a la sala de estar.

—¿Dónde se ha metido tu colega, **SALVA**? —preguntó **SHOOTER**.

—No lo sé, estaba detrás.

—¡Mierda! ¡Vamos a buscarle! —gritó Logan.

Deshicimos lo andado y empezamos a buscarlo por todas partes. ¿Se había escondido? ¿Intentaba fugarse? No podía haber ido muy lejos. Nos dividimos, Shooter me obligó a ir con **LOGAN**. Todavía no podían fiarse de mí por lo visto.

—Salva, tío. Tu colega está fatal —me soltó Logan mientras lo buscábamos.

—Es normal que se comporte así. Habéis llegado de pronto, con violencia y el chaval no os conoce de nada, se habrá asustado.

—¿Asustado? No te lo crees ni tú.

De repente oímos chillar a Shooter: «**¡Chicooooooos, ya lo tengooooooo!**».

Fuimos corriendo a toda velocidad hasta su posición. Estaba en la planta de abajo, en la sala de estar. Le había encontrado a punto de salir de casa, por suerte, habían cerrado con código la puerta y no fue capaz de abrirla.

—¡Dani! ¿Qué te pasa, tío? Que te juro que no te van a hacer nada. **¡No son peligrosos!**

—Salva, me quiero ir, no me podéis retener contra mi voluntad.

—Tío, vamos a ver el vídeo ese de los pesado éstos y te juro que yo mismo te bajo en coche a Girona para que puedas pillar el tren si quieres.

—**¡SALVA, QUIERO IRME YA!** ¡No me fío de nadie!

—¿De mí tampoco, Dani? Que somos colegas, hermano. —Hice una pausa de un segundo y me dirigí a mi **SKUAD**—: Chicos, ¿no veis que está asustado? ¿No os estáis pasando un poco de la raya?

—**SALVA**, solo déjanos poner el vídeo y verlo todos juntos —me pidió **SHOOTER**.

—¿Cuánto dura?

—No demasiado —contestó **LOGAN**.

—Mira, vamos a hacer una cosa —dije yo—. Como estamos todos en la sala de estar, simplemente el que quiera que se siente delante de la tele y el que no, que se quede aquí. ¿Vale?

Dani, como parecía evidente, decidió quedarse lo más cerca de la puerta posible. Nosotros tres, sin embargo, ya enfilábamos el camino del sofá para que me ensañasen el vídeo que tantos dolores de cabeza estaba generando en ese momento. Si os soy sincero, **no me gustaba en absoluto la forma de actuar de Dani**.

Es posible que su nerviosismo fuese fruto de verse en medio de una pelea fuerte de tres amigos, eso nunca es agradable de ver, pero su insistencia por abandonar la mansión de buenas a primeras, dejando todas sus cosas allí y sin un medio de transporte para regresar a casa, me parecía muy raro.

—Bueno, poneos cómodos. ¿Queréis palomitas? —preguntó Logan.

—Yo creo que esto tendríamos que verlo con tres copas de cava, para celebrar —propuso **SHOOTER**. Y ambos se rieron fuertemente.

LOGAN encendió el televisor y lo conectó a la aplicación de YouTube para poder acceder a su canal.

—¿Qué dices, tío? ¿Ya lo has colgado? —se indignó Shooter—. Madre mía, lo que hacemos por los likes, macho...

—¡Lo he subido solo hace diez minutos! Y el vídeo dura un poco más...

—Joder, tío. Pero si ya somos **TRENDING TOPIC** en **TWITTER**. —Se sorprendió Shooter.

La verdad es que mis ganas de verlo ya eran brutales. **¿Qué podía contener el vídeo para que antes de acabar de verlo la gente ya estuviese comentándolo?** Me dio por mirar de nuevo hacia la puerta y, sorpresa, ¡Dani se había largado de ahí!

—Tíos, creo que Dani se ha ido.

—**¡MIERDA!** La puerta de la cocina estaba abierta, ¿no? —dijo Logan...

—Claro... Como siempre, no esperaba visitas ni tener que obligar a una persona a no salir de nuestra casa... —afirmé yo—. Pero no habrá podido ir muy lejos, es de noche y no tiene cómo irse.

—Chavales, que se vaya dondequiera. Da lo mismo —dijo **SHOOTER**—. Vamos, Logan, dale al play de una vez.

—¡Ahí vamos!

Era el **ENÉSIMO VÍDEO DEL CANAL DE LOGAN** y comenzaba como siempre, hasta ahí nada fuera de lo habitual; sin embargo, una vez hechos los saludos, comenzó a hablar a cámara.

LOGAN:

«Chicos, chicas... Cómo sabéis, han pasado bastantes cosas estos días en el núcleo duro de la **SKUAD**. Después de la gran fiesta que dimos para inaugurar nuestra nueva **MANSION** en Andorra con lo mejor de lo mejor de YouTube, al día siguiente empezamos a recibir unas notas. La primera sonaba bastante a broma y así nos lo tomamos. **"SABEMOS LO QUE HABÉIS HECHO"**. Estuvimos un

tiempo pensando qué **youtubers** estaban detrás de esto. Sonaba a troleada magistral de alguien y así lo vivimos. Con un punto de miedo, pero también con un gran punto de diversión. Sin embargo, lo que parecía una broma se fue de las manos. El resto de las notas que fueron llegando hizo que la **SKUAD** se distanciase y sus miembros empezasen a sospechar unos de otros. Lamentablemente, **SHOOTER** y yo caímos en la **TRAMPA** y acusamos a Salva de ser el culpable de todo lo que estaba pasando. Desde aquí te lo digo, hermano: "Lo siento mucho, **SALVA**, tenías razón tú". Si os habéis pasado por su canal, la cosa llegó hasta el extremo de que nos separamos para siempre. Shoot y yo recogimos nuestras pertenencias y nos volvimos a Madrid para empezar una nueva etapa sin él. Sí, es cierto que nos ofrecieron un proyecto suculento, con mucho dinero de por medio, y que no estaba Salva implicado en él. Y sí, **ESTÁBAMOS TAN ENFADADOS QUE LO ACEPTAMOS.** No obstante, se nos olvidó una cosa».

LOGAN hizo una pausa en el vídeo en ese justo momento y dijo:

—Salva, **PREPÁRATE PORQUE CON LO QUE VIENE AHORA TE VA A EXPLOTAR LA CABEZA.**

SKUADS

19

TODO ENCAJA

Y tenía razón **LOGAN**. Ahí es donde comenzó lo bueno.

Me enteré más tarde, pero por lo visto lo tenían todo planeado desde la primera nota. Habían instalado una serie de cámaras de seguridad por toda la casa, incluso en el jardín y en los accesos. Yo no me había enterado de nada, pero se ve que cuando empezamos a vivir aquí ya estaban en pleno funcionamiento. Una casa tan grande en una zona tan exclusiva de Andorra ha de tener este tipo de gadgets para mejorar la seguridad. El problema era que ellos llevaban tiempo viendo las imágenes y ya sabían que no era una broma, sabían que había algo extraño detrás de los mensajes y los paquetes. Como se dieron cuenta de que lo que perseguían los **saboteadores** era que me quedara a solas en la casa, accedieron a ello.

En el primer fragmento de vídeo se podía ver perfectamente a mi amigo **DANIEL** llegando varias veces a la casa y colocándose una gorra y una chaqueta gruesa para disfrazarse de mensajero.

¡ERA ÉL!

Por eso se había puesto tan nervioso con la llegada y con la encerrona final.

Pero ¿por qué motivo?

En el segundo fragmento Daniel conseguía colarse en nuestra casa y esperar a que Logan y Shooter se marchasen al evento de Barcelona. En un despiste por mi parte, parecía deslizar algún tipo de polvo en la bebida que me tomé en casa esa noche:

¡Ahora entiendo el sueño tan profundo en el que me sumí, que me impidió escuchar nada hasta la mañana siguiente!

En el tercer fragmento, el último, Dani aparecía destrozando el material de **LOGAN** y **SHOOTER** para que después fuese más fácil incriminarme. Por lo que me contaron después, a Shooter le faltó muy poco para pegarle un puñetazo a **DANI** la primera vez que se encontraron, por eso hubo tanta tensión desde el principio.

Cuando Logan y Shooter volvieron a casa para llevarme con ellos a Madrid, no se esperaban encontrar al tío de los vídeos en casa hablando conmigo de forma tan amigable;

sin embargo, tuvieron una **CONEXIÓN ESPECIAL ENTRE LOS DOS** y decidieron seguir el rollo como si no supiesen quién era Dani y qué había hecho. Además, les faltaba un dato importante: **¿por qué? Ahora ya encajaba todo.**

Cuando me hice amigo de Logan en las jornadas de videojuegos poco a poco empecé a quedar menos con Dani. La distancia se fue haciendo más grande cuando **SHOOTER** apareció en nuestras vidas. Dejé de ver a Dani casi sin darme cuenta, lo que para mí era algo natural: en la vida vas conociendo a gente nueva y, a veces, sin querer, dejas de ver a personas que han sido muy importantes para ti. Pero es **ley de vida**.

Dani empezó a desarrollar una envidia y unos celos insanos hacia mis nuevos amigos. A medida que fuimos creciendo en redes y empezamos a ganar dinero, me perdió de su vida para siempre. Al irme a Madrid ya casi era imposible que nuestra amistad se salvase.

DANI acabó sus estudios, encontró un trabajo de lo suyo y se enamoró de una chica estupenda. Sin embargo, en lugar de ser feliz con eso, cada noche miraba nuestros vídeos deseando haber sido él y no yo el que hubiera iniciado una nueva forma de vida. Varios años después, Dani decidió abrirse su propio canal de **YouTube**, pero no encontró la manera de hacer vídeos que conectasen con la gente. En lugar de ser él mismo, realizaba vídeos con el solo propósito de atraer a mucho público. Un gran error, pues a la gente lo que realmente le llama la atención de un **youtuber** no son los temas de sus vídeos, sino la persona real que hay detrás. **CUANTO MÁS AUTÉNTICO, MEJOR.** Finalmente, Dani decidió pasar a la acción e intentar recuperar mi amistad de la peor manera posible:

mintiendo,
manipulando
y amenazando.

La publicación del vídeo con las imágenes de las cámaras de seguridad de casa fue un éxito absoluto, pero claro, en el vídeo de **LO-**

GAN aún no se sabía la identidad del asaltante. Ahora que por fin la conocíamos nos quedaba el vídeo final. **SHOOTER** ofreció su canal y grabamos un vídeo los tres anunciando el retorno de la **SKUAD** de forma definitiva. Además, en ese mismo vídeo expliqué lo que había sucedido más a fondo. Dimos el nombre del canal de Dani y aquello fue su fin. Durante semanas no dejó de recibir valoraciones negativas, comentarios echándole en cara su actitud y **mogollón de denuncias a sus redes sociales** para que se las cerrasen. Nuestros seguidores actuaron con contundencia. Dani había perdido cualquier oportunidad de poder tener algún día un futuro como **youtuber**. Ese era el mejor castigo que podíamos aplicarle: **LA DESAPROBACIÓN DE LA COMUNIDAD ENTERA.**

—Pero, un momento —preguntó Shooter—. ¿Cómo supo nuestra dirección de casa en un primer momento?

—Muy fácil. Dani guardaba una buena relación con mi hermano y con mi madre. De algún modo les engañó para que se la dieran, con la excusa de enviarme algún regalo por mi cumpleaños.

—Pero ¿y su trabajo? ¿Y su novia? —añadió **LOGAN**.

—Dani se volvió loco y lo dejó todo. Quería un cambio de vida radical, **QUERÍA IMITAR LO QUE NOSOTROS HABÍAMOS CONSEGUIDO.**

—¿Has vuelto a saber de él, **SALVA**? —quiso saber **SHOOTER**.

—**Según me contó mi familia, se fue del barrio avergonzado.** Todo el mundo supo lo que había hecho. Creo que aceptó una oferta de trabajo en Barcelona y allí está, lejos de las redes sociales.

—En el fondo me da pena ese tal Dani. Perdió a su amigo cuando era un adolescente, pero en lugar de aceptar que la vida cambia se quedó **ANCLADO EN EL RENCOR**. Espero que algún día sepa cambiar su forma de ver la vida —comentó un **LOGAN** más profundo de lo habitual.

—Bueno, ¿nos vamos a Madrid? —dije yo.

—**¡VAMOS!**

El camión de mudanzas arrancó con fuerza. Nos esperaba un largo viaje hasta la capital, pero aprovecharíamos muy bien el tiempo planeando nuestro regreso. **La SKUAD estaba más unida que nunca.**

20

DALE LIKE Y SUSCRÍBETE

Después de que pasasen varias semanas recibí una llamada inesperada a mi móvil. Normalmente no suelo contestar al teléfono si es un número que no conozco, pero en aquella ocasión tuve la acorazonada de que sería algo guay. Sin embargo, podría haberme puesto en el peor de los casos en vista de todo lo que pasó con Dani. **Cuando eres una persona popular tienes que volverte celoso de tu intimidad** porque mucha gente puede hacerte daño, incluso sin querer. Sin embargo, esa tarde me encontraba en plena edición de un vídeo nuevo con la **SKUAD** y estaba más concentrado en darle agilidad al montaje que en otra cosa.

—¡Hola! ¿**SALVA**?

—Sí, soy yo. ¿Quién es?

—Te llamamos de tu instituto...

—¿Cómo? ¿De mi instituto? ¿Qué ocurre? —Solo faltaba que me dijesen que me faltaba una asignatura por aprobar para que me diesen el título de bachillerato y que tenía que volver a estudiar allí un año entero...

—Oye, gracias por atendernos. Mira, estamos montando unas jornadas sobre futuro laboral.

—Ajá.

—Y la verdad es que los chavales no paran de decir que quieren ser **youtubers**.

—Vaya, qué cosas...

—Y, bueno, como tú eres **youtuber**...

—Sí...

—Y estudiaste en nuestro instituto...

—Sí...

—Nos gustaría invitarte a dar una charla para los jóvenes de nuestro centro y que les comentases un poco en qué consiste tu trabajo.

Vaya, no me lo podía creer. Por fin la gente empezaba a considerar que ser **youtuber era un trabajo**. Me refiero a los chavales, claro.

—Pero ¿qué tengo que hacer? ¿Explicarles mi trabajo? ¿Sin más?

—Sí, bueno. Cómo empezaste, cómo llegaste a donde estás, qué consejos les darías para hacerlo bien como tú, qué cosas evitar...

—Bueno, tengo tanta información que casi podría escribir un libro...

—¡GENIAL! ¿PODEMOS CONTAR CONTIGO?

—Dadlo por hecho.

Me citaron una semana después en mi instituto. La verdad es que era una idea muy buena, que me permitiría **grabar un vídeo especial** por haber llegado a **CUATRO MILLONES DE SEGUIDORES** y de paso visitar a mi familia, en particular a mi abuelo. Le comenté la idea a **LO-GAN** y **SHOOTER** y se pusieron muy celosos de que a ellos no les llamasen para esas cosas.

—**SALVA**, hermano. ¡Eres la referencia de los jóvenes! ¡Vigila lo que dices o nos quitarán el puesto! —bromeó **LOGAN**.

A mis padres también les hizo mucha ilusión la noticia. Por fin volvía al barrio y regresaba como profeta en mi tierra. Mi madre lo pasó un poco mal con toda la historia de las notas y una cosa tan positiva como dar una charla en mi instituto le cambió la percepción que tenía de mi trabajo.

—**¡No les digas que dejen de estudiar** para ponerse a jugar a la consola como hacías tú!

—¡Que no, mamá!

—¡Y diles que visiten más a sus abuelos! Que tú…

—¡Lo siento, abuelo! ¡Te prometo que bajaré más para Málaga!

—A ver si es verdad…

Había pensado en plantear la charla como una historia. Primero explicaría mis inicios humildes como un chaval más en el instituto, después mi pasión por los videojuegos y mis ganas de compartir vídeos sobre este tema en internet y luego cómo trazar un plan con mis amigos de la **SKUAD** nos llevó a triunfar a lo grande. Pero también tendría que contar la parte mala: **las personas que tratan de aprovecharse de tu fama**, que intentan engañarte para su beneficio e, incluso, los que se obsesionan con ser como tú y con conseguir lo mismo que tú, como le pasó a **DANI**.

Era muy importante que el tema de la charla girase en torno a los valores de la diversión y el respeto, de trabajar duro y apostar por lo que te guste, en lugar de dejarse llevar por la vida. No hablaría realmente de **YouTube** sino de cómo ser una persona madura y estable. **INTERNET PODÍA DESTRUIRTE O HACERTE RICO**, solo dependía de cómo jugabas tus cartas. Esto podría servirte para ser **youtuber** o para cualquier otra profesión.

Al fin, el día había llegado. Habían preparado el Aula Magna para mí. Dentro había cientos de chavales preadolescentes que no se esperaban la sorpresa. Nadie les había dicho que venía yo. Estaban allí con caras aburridas, soñando con salir de la sala lo antes posible, pero agradecidos porque gracias a esa actividad se habían saltado alguna clase aburrida de última hora. Una vez llegué al backstage, se apagaron las luces de toda la sala y se encendieron los focos del escenario. **ESTABA MUY NERVIOSO**, creo que nunca en mi vida lo había estado tanto. Mi audiencia tiene exactamente la misma edad, pero hablar a una cámara es muchísimo más cómodo que hacerlo en directo. No podía equivocarme, no podía titubear. Y de repente sonó una voz que retumbaba en toda el aula: **«Y AHORA, RECIBAMOS CON UN FUERTE APLAUSO AL YOUTUBER MALAGUEÑO SALVA»**. Y de repente empezaron a aplaudir como locos... ¡Menuda sorpresa se llevaron!

Entré al escenario con mis papeles en la mano, todo el mundo se quedó en silencio y comencé mi discurso:

«No sabía muy bien cómo empezar a escribir esta charla, la verdad. Os prometo que en el colegio se me daba genial redactar, pero ahora es como que siento la necesidad de contaros una historia, de explicaros algo que no sepáis sobre mí. Para ello empezaré por el principio, por lo básico y sencillo. Hola, ¿cómo estáis? Soy yo, **SALVA**, un chico normal, pero antes de ser un **youtuber** conocido también era un chico normal, de verdad: **con mis miedos y con mis inseguridades como todos los chavales de mi edad.** De pequeño quería ser comentarista deportivo como los de la tele, ¿os imagináis? Era tan flipado que mientras jugaba al **FIFA** con mis amigos, o incluso yo solo, me ponía a retransmitir las jugadas que veía en la pantalla del televisor. Es cierto, os juro que no destacaba especialmente, era uno más en mi instituto, uno más en mi barrio y uno más en mi ciudad: Málaga. Bueno, en realidad era casi normal, tengo una tara que conoce poca gente: odio profundamente los ascensores, los odio con todas mis fuerzas, no soporto estar ahí encerrado, pendiente de un hilo. Pero no soy un hater, también adoro a los gatos, he tenido varios, y a mi amado Harry Potter, soy tan flipado que por eso llevo un tatuaje en mi brazo derecho sobre Las Reliquias de la Muerte...».

SKUADS